글벗시선125 소담 이정희 시인의 세 번째 시집

석양에 이룬 꿈

이정희 지음

도서출판 글벗

나의 꿈들이 날개를 펴는 순간

세 번째 시집을 내면서 생각에 잠겨봅니다.

1집과 2집은 '문인들의 밥솥'이란 제목으로 써 보았네요. 이번에는 '석양에 이룬 꿈'이라고 했네요.

나의 마음을 글로서 표현할 수 있다면 '나는 나에게 가장 순수한 시인이 되자'라는 마음으로 약속하면서 시작했습니다. 처음도 지금도 변함없이 한 글자 한 글자 진심을 다해 적어 보았습니다. 첫째는 거짓 없는 진실이 있어야 하고, 둘째는 모든 사물이 글로 표현할 수 있다는 생각으로 적었습니다.

어린 시절을 아직도 못 벗어난 내 자신이 어딘지 좀 어색하고 부끄럽지만 그래도 이렇게 세상을 보며 나의 꿈들의 날개를 펼 수 있는 순간이 환희였음을 고백합니다.

부족하고 미흡해도 읽는 분들의 마음의 위로와 행복과 공감대를 이룰 수 있길 바라며 나에게 다가오는 시간들도 겸손과 사랑으로 많이 배우겠습니다.

모든 분들의 건강을 빌며 저의 3집을 읽어 주신 독자님들 다음에 또 만나요~^♡^

2021년 2월

차 례

제1부 말씨 꽃씨

제2부 외로움과 그리움

제3부 나 하나의 사랑

제5부 만남과 이별

제6부 그리운 옛 노래

제1부

말씨 꽃씨

심화

눈 위에 하얀 장미 발자국
사랑의 눈 먼 장미 한 송이

눈 위에 하얀 하트 꽃 폈네
사랑에 눈 먼 하트 꽃 폈네

이십대 피던 꽃 청춘의 꽃
옛 그림자 핀 장미 한 송이

하얗게 지나간 하트 그려
마음은 청춘을 불러보네

꽃 그림 그리고 꽃물 뿌린
옛 사랑 눈 위에 불러보네

무언의 하얀 그림 두 조각
숨은 발자국 수수께끼 화

핑크빛 옛사랑 하얗게 된
그리워 핑크빛 새긴 그림

* 심화 꽃말 : 숨은 사랑. 그리움. 짧은 사랑

첫눈이 오면

첫눈이 내리면
그리움도 내리네
흰 눈 밟으며
해바라기 꽃 만들어
웃음 가득 안고서
주먹 눈 뿌리던 추억

그리움이 내리네
고스란히 그 시절 추억의
한켠에서 회상하며
그 사랑 그 사람은
흰 눈과 함께 바람 따라
가버린 그때 그 첫눈

지금도 첫눈은 오고 있네
하염없이 그리움 쏟아져
나를 잊지 않고 찾아오는
순백의 꽃잎 되어 오는데
첫눈과 함께 따라 가고파

들길

말없이 길을 걸어본다
하늘은 나에게 장난을 걸어온다

바람을 보내며 살짝 어깨를
치며 볼을 간지럽힌다

냇물을 따라 가고 있다
저 냇물이 소담으로 갈까?

여울을 치면서 노래를 하며
악보도 없는 시냇물 노래 소리

정겹게 귀를 간지럽힌다
해 묵은 옛 생각에 눈을 감아도

보이는 그 시절 외나무다리
잠시 머물러 생각에 풍덩

가을바람이 끌어안고 가자네
나도 가을이 왔음이여, 아~~

꽃신

꽃길만 걸어라
꽃길만 걸어라 하시며
저에게 꽃신 사다 신겨주며
소원하신 우리 아버지

마음에 꽃밭을 만들어라
아버지의 소원하신 덕에
정말 평생 동안 꽃신 신고
꽃길만 걸어 왔습니다

감사합니다
이 불효녀 아버지의 뜻을
석양을 맞이하니 이제야 알고
이렇게 꽃길 걸으며

존경합니다
사랑합니다
혈맥의 강줄기이신 우리
아버지의 사랑을 적어봅니다

겨울(1)

기나긴 겨울 밤
하얀 서릿발 깊은 겨울
쌩쌩 바람이 부르네

현관 문 두드리는 소리
이불속에 쏙~ 숨었네
아침님이 다녀간 자리

하얗게 발자국 남겼네
서리 꽃잎 만발 했네
바람 당신의 자국이었네

숨 죽여 밤 새워
북풍이 다녀간 자리
하얀 서리 꽃 사연 남겼네

묵비권

조용히 말없이 하라네
고요히 하라네 사랑은
말없이 눈으로 맘으로
바위 보고도 못하게 하네

사랑은 비밀 이 라네
흐르는 냇물에게 도 비밀
모진 바람이 지나가며
말하지 말고 사랑하라네

가슴에 마음에 안고 걷네
무던히 참으며 침묵으로
그렇게 깊은 사랑 하라네
그리움 슬픈 사랑은 침묵

흐르는 강물이 속삭이네
애처롭다 말해주네
모진 바람이 밀어가네
침묵으로 사랑 지키라네

인사

낙엽 진 예쁜 길 걸으며
조용히 어제를 추억 하며
나목들의 인사를 받으며

좀 더 멀리 추억을 해본다
옛날 친구 얼굴 떠오른다
행여 오는 길 추억하려나

우리들의 낭만을 걷는다
사각 거리는 추억을 밟다
그날의 인사를 현재 안녕

삶의 현실 앞 인사를 하며
세월을 낚는 어부가 된다
추억을 씹으며 안녕, 안녕

오늘을 인사하며 그 시절
가고파 낙엽을 밟는다
그리움의 추억의 인사를

설날

우리나라 고유의 명절 날
아름다운 옛 풍속 까치 설
지난 해 무탈로 살아계심
감사 세배 살아계신 분들게
자손들이 하는 세배다

우리는 지금도 아이들이
우리에게 한다. 세뱃돈도
까치설날 주고 받는다
빈 주머니 설맞이 안 한다
옛 풍속 설날은 금년에도
건강과 행복을 빌어주며

세배를 살아계신 윗분께
올리는 설날 우리 집 풍속
참 좋은 풍속이다 두 번씩
서로의 안부도 물어보고
축복도 두 번씩 하는 우리
양력 음력 신정. 설날. 축복

저울

새 희망 새해라 들뜬 맘들
희망의 꿈이 금방 바뀌나
지금도 세상은 울며간다
우리들의 한숨 소리 울고

저울 눈금이 무거워 휘청
지구의 온도계는 파랗게
오늘은 또 어떤 지구님의
생각이 다르게 변할까

파란색 붉은색 핑크빛
눈 뜨면 생명을 위협한다
뉴스마다 불안한 생각
지구 저울 눈 휘청거린다

임이여 이 손 잡아주소서
지구 저울 눈 오르락내리락
어지럽다 차갑다
하나님 이맘 꼭 잡으소서

새벽기도

우리의 신앙이 얼마나
깊고 얼마나 높은지
그 곳으로 가보지 못하고
말 할 수 없는 영혼의 실체

자신의 점 하나 밖에 안 된
마음을 붙잡고 위태하게
오늘을 걷고 있는 나에게
커다란 신앙의 무게

좌우로 넘어지지 않게
신앙의 버팀목 주신 주
나의 발길을 죄가 있는 곳
걷지 않게 하소서 주여

오늘을 주님 의지하며
나아가는 걸음위에
힘이 되신 예수그리스도
의 이름으로 기도합니다
―아멘―

나목들의 얘기

우리가 빨간 단풍처럼
사랑을 했었나요?
긴 세월 짧은 시간 얼마만큼
사랑을 했을까요?

벌써 단풍은 낙엽지고
사랑은 석양처럼 가는데
곱게 물든 단풍처럼
예쁘게 사랑을 했나요?

이제 짧은 세월 남은 생
나목의 잔상을 밟으며
얼마나 우리 사랑 깊었나
여름은 없었던 것 같아요

우리의 만남이 여름 지난
가을이었는가. 늦은 가을
오호라 그렇군요 홍단
늦가을 청단 만나 행복

친구

친구야 생각 나냐?
너랑 나랑 둘이서 꽁꽁
얼어붙은 큰 길을 걸어

추운 것도 모르고
노래하며 밤길 걸어서
집으로 오던 날

넌 내게 어깨동무 걸었지
휘영청 보름달 길 밝히고
난 휘청대는 널 보고

어지럽다 따로 걷자
어깨동무 풀면서 말했지
웃으며 둘이서 걸어왔지

보고프다 친구야
서울 어느 하늘 아래
살고 있을 나의 친구

가고파

그리움이 차곡차곡 쌓인
하늘 석양빛 연분홍 노을

아침 동트는 둥근 금빛
종일토록 그리움 적어서
날려 보내 볼까나

푸른 빛 바다가 그리워
나를 데려 가려나
그리워하면 보고파 하면
석양이 말하네.

그리움만 가고
몸은 여기 남아 있으라네

그리운 눈물
그리움, 아쉬움 이렇게
적어서 바람에 실어 날려
보내면 읽어 주려나
보고파 할까 오고파 할까

발길

바람이 불며 마지막 비
늦은 가을 불타던 단풍들
떠나가는 사랑잎 낙엽들

곧 바람 따라 낙엽 되어
떠나가겠지 깊은 가을
어두운 밤길 늦가을 비

애절하게 울부짖는 단풍
떠나는 노을과 단풍 낙엽
빗소리는 멈추고 우는 임

단풍잎 우는 애절한 소리
귀 기울여 숨 죽여 조용히
두고 떠나는 가을이여
임 데려 가는 발자국 소리

안부

편안 하시나요?
지금도 여전히 예쁘시죠?
지금도 건강한 체력이죠?

아무런 대답 없는 메아리
괜찮으시면 차나 한 잔
어떠하신지요? 역시 묵묵부답

당황한 상대의 표정
무슨 일이 있나보다
잘 있다고 차 한 잔 하자고

건강하다고 체력은 여전하다고
아직도 예쁘다고
그냥 답 해주시면 될 것을

놀란 가슴 여섯 근이 되도록
없는 답이 무슨 뜻일까요
부디 행복하세요
어느 날 궁금한 친구생각

웃음꽃

화분에 물을 주면서 늘 사랑한다
하루 한 번씩 들여다보고 사랑한다
웃으며

밤이면 눈을 감고 잠을 자는 꽃님이들
커튼을 내리면서 이제는 잠 잘 시간이야
밤이야 잘 자 내일 아침에 보자
하면서 대화를 하고 쓰다듬어 주고 합니다

꽃들도 날 보면서
'잘 자요 사랑해요'하며
인사를 하는 것 같은
거짓말 같은 말소리가 들려옵니다
그래 '너희들도 잘 자'하고 들어옵니다

남편은 이상한 사람 꽃들과
무슨 말을 그렇게 많이 하며 다녀
누가 보면 정신 나간 사람이라 하네
예쁘면 속으로 예쁘다 하면 되지
나는 그냥 웃지요

이 웃음이 진정한 사랑의
무언의 대화 웃음 바이리스요

다음 날 아침 커튼을 올리며 잘 잤어?
인사하며 얘기를 하지요
늦잠꾸러기는 게슴츠레 아직 졸고 있는
꽃들도 있어요
내가 웃으며 말을 걸고 들어 옵니다
꽃들도 웃음꽃을 제일 좋아하며
예쁜 꽃잎으로 화답 하지요
사랑을 받으면 모두 좋아합니다
웃음으로 사랑의 꽃을 피웁시다

비

비가 내린다
소리 없이 추억안고
고요히 젖어드는 비

조용한 비는
추억을 적신다
안고 온 추억을 마당에

길가에 쏟아 내린다
어쩌라고 슬프다 말해도
그리움 싣고 흘러내린 비

눈을 감고 고요히 추억에
젖어 보아도 귀한 추억을
씻어 비바람에 띄우라네

빛나는 날

찬바람이 불고 나뭇가지
흔 들리는 밤 그래도 별빛
이 반짝이고 첫눈도 반짝

나뭇잎 낙엽이 바람에
흔들려 차디찬 냇물로
내 마음마저 풍덩거린다

이렇게 물그림자 파장을
치며 마음속 낙엽은 둥둥
물결과 함께 떠내려간다

고요한 밤하늘은 빛나고
모두들 반짝인다
물결도 반짝이며
바람 닻을 달고 떠나간다

별리가 싫었건만

이별이 싫어서 울적한 맘
그 때는 이런 마음이었다

새해를 맞이하건만 지금
난 이별이 기다려지는 맘

금년 경자 년 해는 몸서리
쳐지는 올해의 운이었나 보다
신축년이 기다려지는 맘

네가 빨리 갔으면 좋으련만
아니면 내가 가려고 한다
너를 떠나고파 경자년을

며칠 남은 시간도 지겹다
왜 이렇게 서둘러지는지
힘겨웠단 뜻이 아닐까?

말씨 꽃씨

하나님 오늘도 저에게
깨달음의 말씀을 주신
하나님, 감사합니다

하루의 생활 속에 우리의
대화가 생명의 말씨를
심는 자가 되게 하소서

천국의 말씨를 심는 자가
되게 혀를 지켜 주소서
아름다운 말씨가 예쁘게
피어나게 하옵소서

꽃들만 예쁘다고
꽃씨만 심지 말고
아름다운 말씨를 심어
나의 심성의 꽃밭으로
거듭 나게 하소서
아멘

봄

연초록 속치마
진초록 겉치마 입고서
노랑 저고리
연분홍 옷고름 입에 물고

녹아나는 시냇물 따라
사뿐사뿐 내게로 오는
그대는 예쁜 요술쟁이 봄
내 맘 이끌고 나들이 가자네

성급하게 따라 나선 마음
두근대는 이 맘 알고 있는
남녘에서 찾아온 바람이
손잡고 아지랑이 길 여네

반달 코신 별꽃무늬 새신
신고 그렇게 밤이슬 마중
한발 두발 애기 걸음 아장
기다리는 봄 마중 옷자락

눈꽃 솜

앙상한 나목들의 가지마다
하늘이 입혀 준 하얀 눈 솜
바지저고리 목도리 모두
입혀주네 웃음 짓는 바람

꽃눈 솜이불 되어 나무
뿌리 덮어주는 목화 닮은
흰 눈 이불보기 좋은 꽃솜

함께 씌운 융단 이불
금잔디 포근히 덮어주고
엄마 품 속 같은 흰 꽃솜

행복의 겨울 세상의 이름
빛난 얼굴들의 눈꽃 나도
행복의 걸음 한발 두발

첫눈

눈이 왔다 첫눈이다.
반기며 잔디 마당 하얀 꽃
하늘이 예쁜 융단을 깔고
뽀얀 마음 첫사랑 생각

학교 운동장 커다란 나목
플라타너스 앙상한 가지
하얀 설화가 피는 날 약속
그 약속 생각하며 걸었다

그 때도 흰 눈 펑펑 맞으며
지금처럼 설화를 검은 머리 이고서
세월이 지난 지금
자연색 연륜의 흰 눈 머리

오늘을 걷는다 하얀 눈꽃
머리에 한 가득 이고서
추억을 삼켜 보는 첫눈
동화 속 설국의 나라에서

또 머무르다

떠나려 했는데 다시 섰네
냉정하게 떠나려 했는데
발길을 잡는다고 잡히네

지난날들 시간들
버릴 수 없어서 머무른다
아득한 추억 길 그리움

잊을 수 없어서 머문다
그리움을 감추려고
휑하니 가 보려고 나섰네

영영 떠날 수 없으면...
가련다. 이 마음 비우고
가볍게 떠나려고 한다
때와 시간을 두고 간다

행복이란

비봉산 위에 올랐을 때
나를 보았네
세상의 욕심을 모두 비움
그것이 나의 행복이었네
어차피 이 세상 모든 것을
내 것으로 못 채운단 사실

그렇다면 욕심을 버리고
하나님이 주신 것의 만족
내가 가장 행복한 사람
가난도 부요도 내 것이
아님을 일용 할 양식을
베푸신 하나님께 감사

석양에 이렇게 글을 쓴
나의 행복을 어디에 비춰
나의 행복이었음을 감사
이 세상 살면서 바로 내가
가장 행복 한 것을 기도함
나와 동행하신 분께 감사

제2부

외로움과 그리움

겨울(2)

겨울바람이 스치는 밤
차가운 별 빛이 쏟아진다

붉은 빛 떠나가는 길에
찬바람이 스친다

애타는 그리움으로
바스락 되는 낙엽이 뒹굴

함께 온 바람이 성을 쌓네
높은 담장을 짓네

겨울이 찾아 든다
별님과 달님과 함께

하늘을 보노라면 완연한
겨울 밤 세상을 지배한다

동심

한번쯤은 그리워 해봐도 될 것 같은
동심의 세계를

별이 빛나는 밤하늘 보고
혼자서 그려보고 싶다

창가에 앉아서 별과 함께
속삭여도 보고 싶은 동심

돌아 갈 수는 없지만
추억을 새롭게 만들고 싶다

진달래 아카시아 향기도
새롭게 맡아보며 걷고프다

아지랑이 가물 되는 그 길
풀잎 뜯으며 가고픈 동심

손잡고 우정화도 피우며
정다운 교정도 가고파라

너와 나 우리

생각에 젖어 글을 쓴다
세상 모든 것에 하모니가 되어서
이 밤도 엮어 본다
우리는 세상을 살아오며
희로애락 행복도
모두 추억의 애환으로

시詩 라는 글과 책장을 엮어
한권의 책으로 남는 것이
나의 글 사람들의 대언의 글
그래서 공감대를 이루어 나간다

자유를 만끽하며 세상을 향해
한 권의 책으로 탄생한다
세상 애기이기 때문에
모두들 공감하며
서점을 찾는다

눈 오는 밤

하얀 밤 지새우며
눈 마중 하는 밤
하얀 길 거닐며 날 수 없어

오늘 밤도 눈보라 안고
오랜 정적에 머문다
다 늦은 깊은 밤의 방황

마음의 등불 하나들고
서성이며 찬바람 안고
하얀 맑은 마음으로

세상을 향해서 거닐다가
지친 몸 눈보라 마중하는
마음의 거리를 왔다

청춘

계절이 와도 변함없는 색
푸른 청솔같이 되고파

이 겨울 단풍 들고 낙엽 져도
늘 푸른 청솔이 되고파

울창한 숲 속에 변함없이
세상을 바라보는 소나무

해가 뜨고 해가 져도
비바람 뜨거운 태양도

눈보라 휘몰아 쳐도 변함
없는 꿋꿋한 청솔이고파

푸른 마음의 눈망울
예쁜 미소로 청솔처럼
파란 심정으로 살고파라

낙엽

하나님이 예쁘게 입혔네
가을 옷을 춘하추동
사계절 지구촌 예쁜 옷

우리들의 유일하신
한분 밖에 없는 유일신
총천연 염색옷 입히네

단풍과 낙엽의 차이는
이제는 곧 인생의 낙엽 오네
갈바람 불면 떨어질 낙엽

쓸어 밀어둔 낙엽 지는 골목
미련은 두지 말자 웃으며
후회 없이 살다 떠나리

건널목

힘겹고 말 많고 역병으로
시달렸던 2020년 해 질 녘

우리는 서로 위로의 톡
한마디 사진 한 장 보내고
받으며 위로를 주고받은
그 많은 사랑을 간직한 채

2021년의 새 희망을 안고
새로운 꿈을 품고 건널목
건너려고 앞에 있습니다
고맙습니다. 위로의 톡
말로 할 수 없는 마음 안고
오는 해도 큰 사랑 주고
받으며 살기를 바랍니다

어렵던 경자년 보내며
새 희망을 안고 신축년 기대하며
새롭게 단장하여
모두의 건강과 행복을 빕니다

바람

하늘엔 조각구름 둥둥
바람에 머물지 못해
둥둥 전해지는
내 마음이려니

먹구름 비구름 되어
쏟아 내리며
비 울음 구름인가
곱게 간직하고픈 마음

훗날 추억을 되새김할
기쁜 추억이 될까
헛된 시간 잡고 석양 따라
떠나 버리면 그대 홀로…

바람은 기억 속에 추억할까
빗소리 떠나고
횅한 구름 한 조각 바라보며
추억할까

존재

하늘이 수를 놓았다
파란 맑은 천 조각에
반짝이는 예쁜 마음의 수

예쁜 상현달님도 쌩긋
저위에 반짝이는 별님과
목화 같은 뭉게구름 놓네

십자성 별빛은 누구를
저렇게 그리워 자기의
존재를 알리려 빛날까

사랑의 계절

추운 겨울은 가정으로
재촉하는 빠른 발걸음
더욱 재촉하는 마음의
사랑의 계절

가족도 이웃들도 서로의
오고 가는 마음의 계절
많은 것을 나눔이 아니라
작은 것의 정성과 믿음

마음의 선물 사랑의 선물
큰 것은 돈의 가치를 왜곡
마음이 담긴 작은 것 의미
진정한 우정화 피어나는

오고 가는 사랑의 계절
믿음의 계절 별것 아닌 것
서로의 심정 싸움 없는
우정화 피는 사랑의 계절

죄

사람들은 못 났던 잘 났던
가정이란 테두리 속에서
열심히 행복을 추구하며
꾸미며 나름 행복하게
모두 살아가고 있음이여

그 곳을 말하지 말며
이러쿵저러쿵 간섭말자
그것이 죄의 말
내 인생 남의 인생 함부로
비교도 말며 죄의 자리에
앉지도 말자 명심 하자

이것이 모두 죄 란 것을
죄 속에 물들면 씻어내기
힘 들 고 자신도 모르게
죄의 늪에 빠져 들게 된다
우리의 삶이 죄 지만
말 속에 죄가 있음 명심

앞 시간

머물 수 없는 시간 속에
우리는 날마다
새로운 길목에 서성인다

하늘에 구름이 다르듯
나의 길도 매일 다른 심정
꿈과 현실이 다르듯

살았으면 앞으로 가는 길
알 법도 하지만 늘 개척길
허둥대며 하룻길 삼킨다

앞으로의 시간들은 몰라
어떤 소망의 꿈을 이룰지
그냥 행복한 하루를 간다

아무것도 모르고
눈 뜬 장님의 마음안고
웃음으로 가고 있다

빛

겨울의 차가운 밤하늘
차디찬 설한풍 불면

까만 하늘위에 파란 별
수를 놓았네

차디찬 우주에 사랑의
그림자 수를 놓고

까만 밤하늘을 반짝인다
찬바람에 더욱 영롱하게

내 마음 별 빛이 되어서
나도 사랑의 등대 되고파

마음의 별 빛이 되고파
맑고 깨끗한 빛이 되고파

인생

나이를 가라고?
숫자를 무시해도
온 몸이 답 한 말
무슨 미련이 있을까

이마에 계급장 달고
머리에는 벼슬을 하얗게
쓰고 다니면 누구하나
멋지다 인사 없는 인생

무슨 불꽃같은 사랑 을
욕심도 도가 차면 굴욕
그 만큼 뜨거운 사랑에
데어서 빨간 단풍 되고

낙엽이 가까우면 가볍게
떨구어 질 줄 도 알아야지
이것이 인생이고 후대에
물려 줄 줄도 알고 가자네

눈물

그리움이 한없이 마음속
흐름이여 눈물의 흐름이
그렇게 그렇게 보고파서
흘린 눈물이여 모태의 고향
그리움 앞선 눈물이 펑펑
그리움 보고팠단 말보다
먼저 뛰어나와 흐른 눈물

샘물처럼 솟는 눈물
엄마 찾아 나서 흔적 없는
산소 나도 모르게 홰 울음
얼굴도 모르고 불러 봐도
못한 이름이여 엄마란 말
마음속으로 불러본 이름
부르고 불러온 나의 엄마
그리움이 애달픈 조각별

할머니 품에서 옹아리 하며
자란 나 기억은 가물가물
이래저래 할머니께 미안
그래도 나온 눈물 그리움
감당 할 수 없는 그리운
모정의 세월을 어이 하리
눈물이 앞선 그리움 이다

눈 내리는 날

보고 싶다 보고 싶다
그리움이 하얗게 내리는
그 언덕 고갯마루 뿌린 눈

모퉁이 돌아 너와의 약속
시간 늦을까 하얀 눈 맞으며
허둥지둥 떠난 길 눈 온 길

가로등 없는 길섶 기다림
어둠속 오랜 정적 머문 날
강변 건너는 외나무다리

그 친구는 온데간데없고
뽀얗게 그리움 날리며
방황하는 바람이 지나간 자리

순백의 마음안고 친구는
서성이며 떠나간다 멀리
눈 내리는 날의 추억이여

사랑

사랑이 무엇인지?
햇살 사랑담아 나온 보라

어째 이렇게 시절을 몰라?
승리한 손길에 활짝 핀 꽃

*부레옥잠화 너를 어쩌면
좋을지 나도 모르게 한 컷

나도 너를 사랑 한다
침착하게 입맞춤 눈 맞춤

쓰러질까 조용한 널
고운 피부 쌩긋 찰칵 찰칵

사랑의 꽃잎 보랏빛 얼굴
조용히 물속에 살아질 꽃

- 부레옥잠화 꽃말 : 조용한 사랑. 승리. 침착.

태양

새해?
새로운 태양이 떴다
작년에도 똑 같은 태양
그래도1월1일 신축년

지난 경자는 힘들게 보네
새롭게 하늘은 새해 떴고
작년 모든 것 싹 없애고
신축을 하면서 멋진 해

과감히 맞이하며 새 희망
품고 떠오른 하늘눈을
우리는 모두 웃으며 보길
일 년 동안 전 세계가 웃길

소망하며 글을 적어 봐요
새로운 길을 잘 엮어 가길
염원 합니다
새 희망을 안고 웃으며..

고뇌

그래 누가 그랬던 가
시인은 모든 고뇌를 겪어야
진실한 글들이 나온다고
영원한 내 삶인 줄 알았나

몸속에 천근만근 철이든
새로운 삶의 인생의 길
그 때야 무거운 철 덩이
내 몸 가슴에 여기저기

한 뭉치 씩 들어있는 발견
고뇌의 철 덩이 끌어안고
터벅 되며 무거운 걸음으로
달려보는 좁은 골목 그림

그 때의 철든 몸의 애달픈 길
추억의 책갈피를 넘겨 본다
걸으며 달리며 무겁고 숨차
멈출 수 없었던 철든 인생 길

설화가 오던 날

까맣게 잊어버리고
까만 땅 밟으며 걸어본다
어느 사이 나도 모르게
그리움을 가슴 깊이 안고

오늘은 어디로 숨었을까
석양의 노을도 가버리고
나 혼자 까만 길을 걷는다
외로움이 휘몰아치는 구나

갈대가 손짓하니 설화가
찾아오는 구나 반갑게
사무친 그리움을 안고
설화와 동행하는 그리움

살며시 설화가 안겨드네
석양은 설화를 숨기고
나의 곁에는 설화가 날아들고
내 모습 그대로 안겨드네

백설

백설이 휘몰아치던 날
풍기 중령재 바람이 불어
영주 서천교 굴 모퉁이
쌩쌩 소리치며 스칠 때
우린 책가방 손에 들고

호호 불며 달려 봐도
중려재 바람이 풍기 지나
영주 와서 앞바람 불면은
뒤로 밀려 못 걷는다

관사골 지나 핑구재 언덕
올라서면 백설이 휘몰아
나에 품에 안겨들고 냉기
서린 백설은 볼을 바람과
이리치고 저리치고 아파

흘린 백설 눈물 되어 죽죽
반갑지 않은 백설이었네
지금 이 백설의 느낌은?
또 다시 흐르는 추억 눈물

백설공주

동화 속 백설 공주 바람과
함께 희야 마당에 하얀 꽃
피우고 잔디밭 융단도 흰
설국을 만들어 놓았네

화단에 소나무 애기안고
차디찬 눈보라 피하며
고이고이 품어서 기르네
나는 오늘 동화 속 주인공

세상이 하얗게 깨끗했음
나도야 마음이 맑았음요
첫눈처럼 깨끗한 심령이
되고파 동화의 흰 눈 나라

숨바꼭질

아름다운 벚꽃은 활짝
벌 친구 모여서 앵앵앵

흐드러진 벚꽃 잔치
손님 없는 넓고 긴 터널

나의 벗들은 어디로
숨바꼭질 못 찾겠다

그렇게 무서운 밤이 와도
반딧불 구경하던 친구들

코로나 때문에 숨바꼭질
손잡고 벚꽃 놀이하던 벗

만물의 영장으로 만든 사람
코로나 무서워 모두 숨었네

외로움과 그리움

목련화 몽실몽실 피었던
나뭇가지에 누런 낙엽이
늦가을 바람에 춤을 추네
그리운 옛 노래 슬픈 음악

한 잎씩 뚝뚝 떨구며 운다
한 잎씩 그리움을 안고서
오늘 밤엔 나뭇잎 대신
조각달 걸어놓고 웃는다

한 잎 낙엽 외로움 달래며
을씨년스러운 이 겨울을
그리움이 쏟아져 내린다
외로움이 휘몰아쳐 온다

세월을 붙잡고 낙엽마저
훨훨 바람 따라 떠나 가네
조각달 나뭇가지 잡고서
하얗게 흔들어 보내누나

낙조

단풍 산야는 알록달록
고운 옷 새처럼 날갯짓
휘리릭 내려앉는 단풍

국화 향 한없이 코끝을
스치며 끝까지 따라 오네
하늘하늘 빙글빙글 향기

흘러 떨어지는 하늘 공기
해맑게 떨어지는 웃음꽃
이 모두가 떨어진 잎 새들

하늘에서 내 품으로 날아
굽이굽이 돌아 돌아온다
휘몰아쳐 날아드는 낙조

별처럼

그리움이 별처럼 쏟아져
내리는 아련한 추억 마을
대설(大雪)이라 눈이 오려나
하늘은 흐리멍덩하게 눈 올까

눈 내리면 추억의 눈 위
마음의 별들을 세며
가슴에 품고 길을 가련만
이 깊은 겨울을 삼켜보며

사연이 많은 노년의 길
또 한 밤을 맞이하는 이 밤
수없이 쏟아 내리던 별빛
마음속으로 모두 숨었나

연륜과 경륜의 해묵은 별
은하수 너머로 둥둥 띄워
추억 이란 별 안고 반짝
예쁜 별님이 되어 가누나

제3부

나 하나의 사랑

무심한 시간

흐르는 시간 속에 무심코
지나간 추억을 더듬는다
전쟁 후 혼돈 속 어둔 세상
부모님들은 힘겨운 그 시절

갑자기 세월과 함께 떠난
그 분들 생각에 나도 모르게
미안하고 슬프고 눈물이 나네
그때는 몰랐네 아무것도

밝고 평안하게만 웃으며
즐겁기만 했던 그 시간들
조상님들은 어둡고 탁한 밤길
혼돈의 세상인 것을, 힘든 세상을

무심한 세월 속에 살아보니
이제야 알 것 같은 마음속 슬픔
그 분들의 고생으로 행복한 나
사랑의 마음은 이런 것일까

찬바람(1)

학교 운동장 오랜만에
그네 줄 위에서 적어보네
바람이 분다

손끝이 시리다
11월도 며칠 없네요
이달도 끝나기 전 와서 적어보네

찬바람이 방해하네
옛날 같으면 여기 못 있겠지
사방을 살펴도 쓸쓸하다
앞산 아지랑이도 추워

하늘로 날아 태양 곁으로
가버린 초겨울 쌀쌀한 날
옷깃 여미고 집으로
나도 발걸음
아쉬움 남기고 가네

나 하나의 사랑

하나로 남은 사랑 그대여
그대도 내가 멀리 떠난 뒤
하나의 사랑으로 남을까

나 그리워 보고파
하늘을 보아줄까
별들을 찾을까
이젠 단 하나의 사랑으로

꿈속에서라도 찾아줄까
내 마지막 단 하나의 사랑
예쁜 추억 간직한 당신을

그리운 시간들 숨기면서
보고픈 마음 삼키면서
지켜온 나 하나의 사랑아

노선 없는 열차

반겨 주지 않은 이 세상
울면서 태어난 모정은
야멸차게 떠나 버리고

덩그러니 혼자서 배고파
울음소리 아랑곳하지 않고
떠나가는 모정은 눈감고

긴 세월 하루같이 남아서
칭얼대도 세상사랑
한 몸에 모두 받아 자랐네

태어날 때 울음은 잊고서
어느 사이 그가 엄마 되고
조상되고 야멸차게 떠날
준비하는 단풍 낙엽 되네

그도 세월 무상 탓하며
냉정한 세월 떠날 준비
기적 소리 없이 떠나길
노선 없는 열차 잘도 가네
어허라 낙엽들아 떠나자

영혼 고백

난 당신을 모른다 했을 때
나를 사랑했노라 답한 당신
싫다고 모른다고 할 때
토닥이며 한없는 사랑으로
붙잡고 울며 애원한 당신
택함 받은 내 것이라고

이런 철부지 어린 나를 끝까지
잡아 주시고 나쁜 길 외면케
잡아주신 그 사랑 잊지 못해
이 새벽 당신을 찾으며
나도 사랑했노라 고백 합니다
이 부족한 사랑 고백을

빛 가운데서 손 내미신 당신께
사랑의 손길을 잡으며 고백
신앙이란 품속으로 스며듭니다
사랑합니다. 사랑합니다. 주님
할렐루야 아멘, 아멘, 아멘

회개의 기도

하나님 오늘 세상에 살며
알게도 모르게도 지은 죄 있다면
하나님께 죄 봇짐 이 시간 풀어 놓고
당신께 소멸의 기도드립니다

마음의 죄가
더욱 무섭고 두렵습니다
그것이 무엇인지 모르고
엄벙덤벙 걷는 길이 두렵고 두렵소
어쨌든 이 모든 것 주님께
부탁하라 하신 하나님

말씀 믿고 죄의 봇짐 모두
깨끗이 성령불로 태우셔
성령의 단비로 씻어 주심
감사와 찬양을 드립니다

오늘의 저녁에도 천군
천사 보내주셔서
꿈속에서라도 죄 짓지 않게

지켜 주시길 부탁드립니다
매일 잠들기 전
풀어 놓은 죄의 봇짐
소멸의 능력이신
우리 주 예수 그리스도의 이름을
의지하고 기도드립니다. 아멘

그리움(1)

하늘이 이상한 단풍 그림
봄 이라는 계절에 꽃들의
몽실몽실 속삭이던 목련

이 가을은 누구를 못 잊어
대문 앞 목련의 그리움
안고 보니 윙크하는 모습

반쪽은 노랗게 물들고
반쪽은 아직 푸른 청춘
너도 이내 맘과 같구나

사랑한다. 목련아
그리움 설한풍 지나
춘삼월 생각
고귀함 준비하는 단풍들

억새풀

구름 한 점 없는 맑은
청춘 같은 가을 하늘

뾰족뾰족
두루 뭉실 산야에

으악새 슬픈 하늘 밑
하얀 구름인양 억새풀

바람의 손짓 서글픈 울음
가을이 왔네. 으악새와 함께

하늘 나는 새는 조용히
집을 찾아 드리우네

외로움

학교 운동장 플라타너스
나뭇잎들이 태풍에 멍들고
하늬바람에 변하고
먼 산 진초록에 모두 변하네

텅 빈 운동장 이름 모를
새들의 천국
오늘은 무엇을 배웠을까
무슨 노래들을
아무것도 못 배웠남

반겨 즐겨 부르던 노래도
불러 주지 않네
갈바람에 태풍과 장마에
모두 잊었나 쓸쓸한 교정

스쿨버스 한 대가 교문에 들어선다
이 나라 짊어질 훌륭한 인물들 싣고 갔나
텅 빈 스쿨버스 한대 온다

그리움(2)

해 질 녘 바람의 노랫소리
시간도 느낌도 모두 바람의
노래와 춤을 추고 있는 시간

흐르는 물결의 파장 일듯
내 마음은 소담으로 빠져
바닥 저 끝에 닿는 순간

물결이 움직이고 나는
욕망의 문고리를 잡고
열고 들어간다. 깊숙이

현실도 세월을 훌쩍 넘어
조용히 써내려 간다
깨끗한 내 마음을 싣고파

하늘의 조각배 한척을
그려 넣는다 실었다 꿈과 함께
원하던 곳으로 띄운다

그리운 조각배의 연필의
노를 저어서 소담으로 항해하며
그리움 싣고 간다

구름아

가을아 넌 누구니?
도대체 당신은 누구기에
이렇게 나를 뒤흔드냐

낙엽을 보아도 바람 끝을
보아도 흔들린 나뭇가지
보아도 그리워 보고파

넌 이름이 무엇이냐 바람
그래 흔들어 주는 넌 바람
이제 난 어쩌냐 이 마음을

둥둥 떠다니는 이 마음을
풍선 같은 이내 맘 책임져
이 몹쓸 갈바람아 구름아

공기

아침에 현관 문 열면
먼저 들어와 인사하는
차디찬 공기와 새들
가을 향기를 맡는다

이 모든 순간들
세월이 더 멀리 가기 전
기억 하자 잊지 말고

우리는 과거를 추억하며
살기에 이 순간들을
과거와 현실을 잡아매고

가을 국화향도 잡아두고파
아침 공기 싸늘하게
나를 배신한다고 해도
기억하리라

오늘의 기도

하늘을 영원히 탐하면서
내 자신이 남에게 준 상처
내가 아닌 모든 이에게 준
헛된 욕심과 미련 추한 것
모두 씻어내는 지금 시간
하나님 주님께 고합니다
알고 지은 죄는 순간순간
회개의 마음의 기도하고
모르게 지은 죄 무서운 죄
이것까지도 깨끗이 소멸
하여 주소서 영혼의 주인
당신께 부탁 합니다

내 영혼을 위하여 대신
죽으신 영원한 내 주님
오늘은 우리들의 마음을 꼭 잡고
이 날의 이 걸음을 책임져 주시고
동행하심을 원합니다
이 새벽 하나님께 부탁드리며
힘찬 약속의 마음잡고

세상을 향해 가겠습니다
깨끗한 심령으로 변함없는
당신의 보혈의 힘 함께 하소서
믿는 마음이 변하지 않게
신앙으로 잡아 주소서
우리 주 예수 그리스도의 이름으로
기도합니다. 아멘, 아멘

소리

가을비가 온다
단풍과 이별소리
빨갛게 사랑 했는데 찬물 뿌리네
이별의 눈물 뚝뚝 빨간 사랑잎
떨구는 소리 스산한 찬바람 오네
가을 하늘 맑게 보여주던 세월

어둠이 몰려오던 밤에 북두칠성
나에게 보여주며 길을 안내한
그님은 갈 곳 모르고 헤매다 떨어져
산야에 길가에 앉아 우네
불타던 사랑은 어디로 떠나가고
노을빛 나에게 안겨주고 가나요

가을도 떠나고 어둔 밤 숨죽여
빨간 단풍 두드리는 소리
애절하게 들리는 이별의 울음소리
낙엽 되어 저 멀리 쓸리어 간다
겨울비 바람이 마당 비되어
쓸어간다. 흐느낀다

사랑의 꽃다발

감사한 마음 가슴에 가득
그대의 꽃다발 한 아름

기쁜 마음 표현한 꽃
한 아름 받은 선물 감사의 눈물

가슴 뭉클해온 선물
꽃다발 안고 기쁨 충만

꽃다발이라도 기쁜 맘
행복한 마음 사랑의 마음

전해오는 메시지 꽃 한 아름
지금 난 사랑을 머금고 걷는다

석양에 받은 꽃 행복한 글
가슴가득 담아 석양을 걷다

임

길을 걷는다 들꽃이 웃다
이내 몸 스쳐 지나치는 임
그대는 사계절 스치는 임
보이지 않는 바람 그대여

오늘도 나를 스쳐가는 임
살짝살짝 머리를 쓰다듬는
그대는 머물지 않는 바람
떠나는 못 믿을 바람이여

들꽃도 흔들며 손짓 하네
나를 반기는 들녘길 잎새
옛날 이 길은 임과 걷던 길
옛길 물소리 모두 반갑네

아름다운 추억의 오솔길
맑은 공기 코스모스 웃음
벼이삭은 겸손히 숙였네
행복한 이 길은 젊은 추억

성공

오늘도 창문 커튼을 걷다
반겨주는 하늘 햇살
문틈으로 금빛 찬란하게
안겨드는 눈빛의 새 아침

내 삶이 무엇을 어떻게 살았는지
저 눈빛은 알지
한 치도 거짓 없이 알겠지
여태 살아온 지난 길

남에게 상처를 주었을까
이제는 서서히 정리하자
하늘눈은 때론 심통 부리고
그렇게 땅을 사랑했는데
나는 삶이 성공했는가?

성공이 무엇을 말하는가
잘 먹고 잘 살아 가는 것
글쎄 무슨 일이 성공일까

마음의 산

그렇다 산을 타고 구름을
잡고 다녀도 세월 속에는
물안개처럼 피어난 꽃들
이제는 모두 잊혀진 추억

모든 자연 속은 그대로다
그 세월 속 나의 무심초는
아지랑이 꽃 꼬리 흔들며
떠나가고 먼 산 단풍 오네

갈대 머리 손 흔들며 나를
부르고 나도 한쪽 손잡고
너울너울 춤추며 동행길
마음에 담아 다닌 산야들

추억

오늘 밤 저 하늘 달빛이
이렇게 밝은 줄은 몰랐네
해 묵은 단풍들 낙엽 되어
모두 털고 가볍게 파르르

땅위에 뒹구는 하늘 별빛
바람 따라 헤매 돌고 돌아
구름인 양 뭉게뭉게 뭉쳐
별빛 속 반짝인 밤하늘 꽃

밑거름 낙엽이 되었네
아직도 앙상한 나뭇가지
단풍 낙엽 걸으며 예쁜
별빛 세계 수놓은 추억 길

내 한 몸 밑거름 되어서
가는 길 순탄하고 고와라
오늘도 흥얼거리며
고운 맘 읊어보며 여기까지 왔네

파도치는 하늘

바다가 파도를 친다
깊고 깊은 바다가 파도의
멍든 시퍼런 바닷물이
일렁이며 움직인다

저 높은 하늘도 구름을
일렁이며 새털구름 낳았네
멍이든 바다와 하늘구름
모두가 신의 조화로다

구름위의 하나님 사인
보이는 자만이 볼 수 있네
오! 가을 하늘 이런가
행복을 느끼며 걸어 본다

농심

온 여름
하늘은 울고 울어
쏟아지는 빗속 아랑곳없이

농원의 사과 탱글탱글
주렁주렁 농심의 기쁜 맘

얼굴엔 웃음이 가득
행복한 마음으로 찬양

눈물로 뿌린 씨앗
기쁨으로 거두리라

웃으며 수확 하는 농심
흙을 닮은 농민 거짓 없는 흙

용담초(1)

널 찾아 헤매던 날
중령재 바람이 세차게 불고
봄 햇살 좋은 날 헤매던 나
이곳에는 살아있을까

비봉산 줄기줄기 헤매며
이 산등 저 산등 몇날 며칠
미끄러져 엎지르며 찾아
너를 발견 후 힘든 것 잊고

겨우 한줄기 널 한 달음에
집에 와 기다리며 보라 널
가을이 와야 배시시 웃네
사랑한다 진보라 용담초

*용담초 꽃말 : 슬퍼하는 당신을 사랑합니다

배필

파전을 부쳐 그대와
한잔 술 옛 이야기
죽어도 같이 죽고
살아도 같이 살자

영원한 내 사람아
그대 나 한잔 씩 오가는
술잔 속 취할 겸 오래된 정
그리움의 회포를 품고서

취한 마음 평생 배필
품어 보니 모든 것 잊은 양
이몽룡, 성춘향 이러하랴
어느 날 친구가 평생 배필

정화

하리라, 하리라
더러워진 이내 마음 깨끗이 정화
이제부터 정신 차려서

그동안 살면서 마음으로
지은 죄 저녁마다 새벽마다
하나님께 고하고 정화하네

성령불로 태우고 정화시켜
은혜의 강물에 목욕 후
기쁨으로 찬양하리 주님

주님의 보혈로 정화하리
더러운 죄 깨끗이 씻으리
두 번 다시 죄 짓지 않으리

맹세는 무너지고 날마다
씻고 닦고 울며불며 정화

떠난 자리

오래도록 머물러 있지 왜
급하게 먼지 털고 떠나냐
무슨 일이 급히 서둘러서
따뜻한 자리를 만들기 전

너에게서 급히 떠나야 할
길지도 않은 짧은 시간들
떠나오고 싶은 그 자리를
날마다 허우적거린 자리들

과감하게 오늘은 떠난다
이 자리를 뜨고 먼지 털고
두 번 다시 있지 말자 이곳
마음이 빨리 떠나자 하네

못 잊어(1)

뻐꾸기 우는 초여름 오월
아카시아 꽃향기 날고
뻐꾸기 날아가면
송홧가루 노랗게 쏟아지던
산길 옆 언덕 넘어 그 마을

첫 사랑 약속이 무너진 날
서럽게 울고 돌아선 그 모습
가는 길 눈물 뿌린 친구여
안개 낀 눈물 길 못 잊어
뜨락에 해는 저물어 가고

지금도 못 잊어 눈물 울까
뻐꾸기 울던 산비탈 언덕
지금도 휘날릴까?
아카시아 향 그윽한 그길
노을 빛 잡아보며 못 잊어

제4부

세상을 보라

갈잎의 연서

오늘도 갈 마당 에는
예쁜 언어의 세계가
갈 마당
우리들의 행간 속에서
아름답게 흔들리고

만산에 홍엽은 어느 사이
사그락 바스락 살포시
내 발길 음률되어 흐르네
이 모든 정취를 심연 속에
심취되어 멋진 갈 사랑을
담아서 나누어 주는 연서

오늘의 갈 마당 행복하게
동행 할 수 있는 하늘의
파아란 색과 붉은 잎 행복에
젖어 흐르는 무지갯빛들

삶의 현장

우리집 들새들 아침을 노래한다
나도 눈을 뜨고 아침 햇살을
받아 드려 가슴으로 안아 보았다
정겨운 햇빛은 늘 여기서 나를 안는다

그러나 나의 젊음은 어디도 없다
매일 찾아온 햇살이 가져갔을까
젊음이 항상 있을 줄 알고 뛰었다
이제는 숨찬 무거운 두 어깨의 석양

내 삶의 짐이 되어 무거워 비틀되는
현실 앞에서 내가 무슨 삶을 어떻게
살았는지 삶의 현장을 살펴본다
가슴 저린 날들 기뻐 웃어준 날들

이제는 모두 내려놓고 가볍게 걷자
이것이 나를 찾는 성공의 현실 앞
석양에 서서 새해의 빛을 또 한 번
새로운 마음으로 안아보고 싶다

말은 좋지

우리는 남을 사랑하고
남에게 상처 주지 말고
살아가자고 그것이 행복
이라고 모두 말만 잘한다

나부터 남에게 상처를
주는 말 무의식중에 한다
돌아서 후회 하는 말들도
서슴지 않고 쏟아 낸다

말도 좋고 글도 좋지만
실천이 가장 어려운 말
상처 주지 말고 살자한다
받을 때도 줄때도 많다

실천이 어려운 말은 쓰지
말고 그냥 이대로 시간 속
흐름 속으로 살아가자
성나면 내고 웃음나면 웃자
그렇게 세월을 낚으며
가노라면 서로를 이해가
될 때가 있더라는 생각이
마음에 와 닿을 때가 있다

글속에

글 속에 내 마음의
애잔함 다 넣을 수 없다

말 속에 내 마음의
진솔함을 다 할 수 없다

보는 이의 몫을 남겨야 함
어떤 뜻이던 그들의 것

내 속 마음은 다 적었건만
시평은 누구나 다른 심령

보고 느끼고 독자들 생각
듣고 느끼고 그들의 맘

모든 시평은 독자님들의
것이어야 함을 알고 있다

세상을 보라

세상을 보라 느껴라 알라
두 눈을 뜨고 하늘을 보라
모두 다 움직인다

저 무거운 구름 덩이들
흘러가는 것은 시간 뿐
아니거늘 모두가 흐른다

지나가는 옛 이야기다
우리도 가고 오고 세상도
모두 오고 간다는 이치다

제 자리에 가만히 있는 것
사람이 만들어 세운 것들
신의 조화는 모두 떠난다

이것이 인간의 힘과
신의 힘의 차이점 이다
세상이 모두 움직인다

세월의 강

저 하늘 구름도 강물도 흘러
소리 없는 세월의 강 흐를 때
나도 외롭게 따라 흐르니
끝없는 세월의 강바람은
차디찬 강둑에 서성이네
황혼 빛 석양은 저물고

내 등 뒤에 짊어진 봇짐
풀어놓고 가볍게 버리고
지난 추억 먹먹한 가슴을
소리 없이 흐느껴 흐르는
세월의 넋이 가슴 적시네

꽃 같은 내 인생 삶의 꼬리
저당 잡히고 여기까지...
석양빛 따라 괴나리봇짐
버릴 때까지 가려나보다

떠나가는 추억

추억 여행 가려고 준비함
영원히 떠나갈 당신인 걸

알면서도 오늘도 긴 여행
밤새도록 즐겁게 지난 일

오늘 여행길 나서게 되면
돌아오지 않을 추억의길

이미 늦어버린 시간 약속
기차는 떠나고 남은 마음

잡을 수 없는 기적 소리와
멀어져 간 그대의 맘과 몸

지나간 약속시간 어떻게
너와 난 잃어버린 여행길

가을 잘가요 당신이 떠난
낙엽 속 가을 당신 내 가을

우는 바람

춘풍은 낙엽을 쓸어가고
하풍은 낙엽을 녹이거늘
추풍은 추풍낙엽 되었네
동풍은 숨어서 흐느끼니

해풍은 바다를 뒤집누나
물고기 떼 뒹굴 흐르는 물
가고파라 숨어서 우는 임
너 어이 그리도 야속하냐

철조망이 가로막혀 이별이었더냐
창살 없는 감옥 이 어인 말이더냐
야속한 바람들아
멀리 데려가라

울며 웃으며 따라 나서리
이 바람 떠나면 잠잠할까
속 빈 가슴 숨어서 우누나
흐느끼며 우는 바람소리

사랑의 사계 바람은 울고
녹아나는 울음이 사랑 뿐
웃어도 울어도 열풍이요
사랑 바람 눈물 바람이네

만추

온 여름 그렇게 울던 하늘
사랑으로 품어 온 대지의
푸른 잎새 드디어 본 색이
드러나네…

구름 속에 빗물 속에 숨은
태양과 함께 해 온 날 들을
만추의 붉게 타 오르는
마지막 사랑을 불태우네

사찰 앞 감나무는 부처님의
자비 인지 불자들의 도량 인지
화목하게 웃으며 길손님 반기고
까막까치 산새들 반기는 마음…

만추의 계절 탐 하지
않을 사람 누가 있으랴

세월열차

바람이 분다 갈바람이
밤낮으로 부서지는 소리
임의 발자국 소리더냐
깊은 밤 울어 되는 문풍지

벌써 찬 갈 바람 불어 오네
아침 현관문 열고 보니
빨갛게 얼어있는 애기 손
노란 작은 부채 뒹굴고

바람이 불고 세월은 울고
갈바람에 놀란 잔디 밭
파란 청춘 떠나고 황금 빛
단풍도 낙엽 되어 떠나네

이렇게 세월은 낙엽 한 잎
물고서 말없이 가고 오고
가는 세월 막을 길 없어
나도 함께 덩달아 떠나네

하늘과 땅 사람

인생의 삶이란 하늘밑에
한줌의 재와 땅의 흙인 걸

죄 많은 세상에 마음은
구멍 난 상처들뿐이건만

허망 한 세상 심령들은
모두들 바람과 같은 인생

바람 앞에 등불만도 못한
꺼져 버릴 짧은 생의 등불

욕심과 죄의 폭포수 인생
놓아 버리자 행운이 어디?

이 모두가 욕심인걸 알면
한 줄 빛줄기 보며 가보자

옛날

비온 뒷날 마중 나온 겨울
따스한 햇살이 나뭇가지
걸터앉아 나를 바라본다

예쁜 흰 구름 손짓 하며
나를 부르고 옛 얘기 하네
지친 맘 쓰다듬는 바람아

따뜻한 겨울이 되었으면
흰 목도리 신사는 없네
산 밑에 따스한 옛날 생각

하염없이 머나 먼 그 하늘
생각 속에 꿈속에 가본다
고향 하늘 아련히 가 보리

고향 침대 구름 이불 덮고
달그림자 되새김 하면서
오늘 밤 살포시 꿈나라로

들꽃

들에는 꽃잎이 만개하고
산에는 산새들 노랫소리

하늘은 해님과 달님 별님
밤낮으로 빛을 발하며

어둠을 밝히고 지키누나
우리는 무얼하고 있는지

이 나라 이 백성을 지키는
임금님은 잘 지키고 있나

들꽃은 하나님이 키우시고
나라는 백성들이 지키누나

꽃들도 권력도 인생들도
때가되면 모두 없어질 걸

들꽃처럼 살고 싶다
왜 이리 모질게 살아야나

씨름판 황소

시월의 단풍이 지는 날
꽃 진다고 뻐꾸기 울 때
걱정 말라 휘파람 불던
봄여름을 알리며 멋있게
휙 휙 휙 부르는 소리 가고

어느 사이 시월 달 엊그제
오늘이 동짓달 첫발 걸음
문풍지 울며불며 기나긴
추억의 동지야 너는 어디

잘해 보려고 붉은 팥죽 쒀
뒤집어 씌웠지만 찹쌀 알
같은 남은 두 달 중 한 달을
섣달 보다 막중히 잘해야
해 너머 황소 한 마리 받지

기다림

그대 옆에 그대가 있고
나의 옆에 그대가 있는데
해는 저물고 갈바람 불 때

누구를 이렇게 기다리나
석양 빛 서산머리 갈바람
흔들리고 그대 옆에 그대

나의 옆에 그대가 손잡고 가는데
외로운 초로의 길
그나저나 초로 행색 같네

소식은 왜 그 동행의 그대
이 동행도 똑같은 인생길
기다림이 소용없는 시간

우는 바람 잡고서
문풍지 바라보며 갈대는 서럽네
동행자 외로운 눈물이여

초로길

산허리 휘감아 올라온 등
연초록 연분홍과 맺을 때
내 어이 그때를 잊을쏘냐

푸른 청솔 벗을 삼고
인생길 굽이굽이 왔었네
저 등선 오르면 끝이려니

초로길 산등이 힘들 때
쉬어가라 산새들 노랫말
사방팔방 연초록 분홍이

끝을 잡고 와 보니
현재가 좋아서 영원히 있을 것을
동행 초로 세월이 가자네

아름다운 이 강산에 너와
나는 함께 할 수 없는 고로
언젠가 네가 이 손 놓으면
나도 세월아 너의 손 놓는다

너의 머리 물들이고 나도
물들이고서 바삐도 왔네
서산에 석양빛 곱도다
단풍잎 내 머리 네 머리
이렇게 고울 쏘냐
석양아

조경

가을을 듬뿍 품고
국화 향 코끝을 스치며
이내 맘 유혹하는 조경아

반달인지 온달인지
꽃 달무리 속에 있는
그대는 누구인가

맑은 하늘 벗을 삼고
인화를 모으려 했건만
코로나 방해하네

나 그리고 당신을
응원 한다네 푸른 하늘
갈바람 꽃향기 띄우며...

삶 속에서

세상을 선망의 눈빛으로
바라보며 애처로운 희망
잡으려고 포기 못한 미련

스스로에게 바른길 걷자
참된 길 가자며 외우면서
나를 배신하는 나의마음

값어치 없는 인생길 걷지
말자고 남에게 상처주지
말자고 다짐하며 걷는 삶

순수한 마음만 줄 수 있는
간절한 작은 소망이어라
모두의 건전한 삶 속으로

고향

그리움이란
고향 같은 것

현실의 삶이 고향 없이
그리움이 없이 못 가는 곳

오늘도 그 곳으로
달려가 보는 마음의 고향

조그마한 추억의 고향
그리움의 고향

삶의 현장에서도
고향을 포근히 안고 간다

오늘도 나의 안식처가 된
그리움 을 간직한 채
나의 그리운 마음의 고향

지켜야 할 선

세상이 희미하게 안갯빛
어쩌다 모두들 월권행위
좋아하는 삶이 되어 가나

머리가 좋은지 똑똑한지
함부로 이래도 되는 건지
나도야 정신이 혼미해요

바람에 휘날리는 갈대
손짓 하는 바람에 맡긴 몸
휘영청 밝은 달 한 낮 태양

잘도 밝히는데 왜 안개 속
너도 나도 잘나고 똑똑함
막말은 밥 먹듯 웬일일까

넘어선 안 될 선을 넘어간
동행자들 광고 자기 글들
한번이면 되지 밟고
오르지 말았으면 하는 부탁함

절대자

계절은 속일 수 없는 법
그 계절이란?
하나님이 주신 것이기에
절대자의 약속이거늘

만추의 계절도 하나님의
것이요
그것이 아름답고 좋아서
탐하지 않을 자 없거늘

만추를 만끽하며
풍요로운 마음을 나누며
오늘도 행복하시길
마음으로 빌어봅니다

가을 들녘

초록이 말하네
사랑하는 님 멀어진다고

여름내 심통 부려 울고
한발 두발 멀어지네

얼굴 한번 제대로 못보고
점점 멀리 가고 있네 그님

해님~ 불러도 대답 없네
초록이 답답한 나머지

연지곤지 찍어도 님은 멀리
초록이 꽃단장 님마중 가네

비안개

비봉산 비안개 피우고
땅에서 산으로 비봉산 위
낮다고 하늘로 하늘로
산허리 휩쓸고 올라가네

비 오는 교정 은행나무
비 맞은 그네 줄 찾아오는
친구 없어 외로워 외로워
눈물이 주룩 주룩

어둠이 드리우네
저녁 밥 모이 찾아 짹짹짹
수다 떨며 한 쌍의 날갯짓
외로운 초등학교 운동장

바람이 분다 안개가 떠난다
하늘로 하늘로 비봉산
진초록 드리우네
먼 산 뻐꾸기 청아한 노래
아―

철없던 시절

초근목피 그 시절은
조상님들의 고생길

생밀 꺾어 먹을 때랑
매 뿌리 캐서 먹을 때

나는, 나는 철없이
달착지근한 그 맛

목피 소나무 송구 꺾어
껍질 벗겨 맛있게 먹던 때

철없이 맛으로 먹었던 때
조상님들께 지금은 죄송

그 시절 지금 그리운
철없는 시절 행복한 시절

조상님들의 괴롭고 슬픈
눈물의 그 어려운 세월이여

꽃잎들

설화의 눈꽃들은 땅 밑에
이른 봄 서릿발 꽃줄기
뽀드득 밟으며, 밟으며

어느 사이 해는 지고 별빛
과 달빛을 받으며 걷는다
벌써 달그림자 서쪽으로

별님도 내 앞서 가는 서쪽
하늘 쳐다보아도 땅을
밟아도 애타는 별이어라
서쪽하늘 노을빛 기우네

아! 하얀 서리꽃 피우고
하늘에는 하얀 꽃송이
팔랑이며 또 꽃대 만드네

시작

반가운 손님이 찾아 왔네
그렇게 울부짖던 장맛비
몰아내고 쓸어내듯 오네
시작 하네 신 붓 잡으셨네

드디어 아름다운 지구에
물감을 곱게 칠하며 가네
꽃도 보고 향기도 그윽한
갈바람 손 흔들며 오네요

설화가 필 때까지 오겠지
가을이 갈대 앞세우고
한바탕 신나게 춤을 주지
내 맘 상관없이 가고 오네

제5부

만남과 이별

우정화

우정이 꽃피우는 교정
밤새도록 우정 바람 불 때
아름다운 꽃들이 만발
피우지 못할 시기에 보니
더 아름다운 꽃들이었네

추운 엄동설한 바람에도
지지 않은 우정 꽃잎들
시들지 않고 피었네
티 없이 맑은 꽃들이여
이 꽃 피울 때 꿈도 피웠네

웃음 속에 가방 속에 많은
꿈들이 가득 가득 숨겼네
꽃피듯이 지금 이루었나
피어났을까 우정화 꿈이
못 이루면 다른 꿈 이뤘지?

너와 나

보이지 않는 저 바람은
구름 속 들어가 헤엄치네

나는 너와 구름을 잡고
너는 구름과 갈바람 잡고

어쩌려고 나뭇가지 잡았나
놀란 새들 푸득득 날았네

나도야 놀래 허우적인다
세상 만상 쫓고 날고뛰고

저 구름과 같은 나도 간다
이 걸음 어디로 가는지

만남과 이별

이 땅 위에 쓰는 말 영원히
그토록 변치말자 맺은 맘

영원히 세 글자 가슴속에
새기며 손가락 약속 걸며

너와 내가 변치 않을 맘 속
되새김하며 걸어온 길목

이젠 영원히 라는 말보다
영혼이란 낱말이 어울려

영혼이 있다면 저 세상에
다시 만나 살자고 약속

영원히 영혼과 무엇이냐
어렵게 지키며 가는 단어

무심초

종종 걸음 따라가며
세월님 에게 물어 보네

어디로 가느냐 대답 없네
무정한 세월님 여기까지

나는 왜 뭣 땜에 끌고 왔나
무정하기 짝이 없는 당신

지구를 몇 바퀴 돌면서
한마디 말없이 데려 왔나

아무리 무정 무심타 한들
벙어리 너를 만난 내 인생..

참 그래도 말썽 없이 잘
살았음을 하늘에 감사함

우정

그렇게 다정했던 친구도
세월 속에 하나씩 잊혀져
꽃피고 잎 무성하던 친구
하나둘 은하수 강 건너 별

요단강 건너서 은하수
너는 어이 그리도 쉽게
별빛이 되어서 바라보냐
우정의 문턱이 높았더냐

보고 지고 보고 져라 친구
해는 저물고 임은 먼 곳에
어렵사리 오면 빛난 별
그가 너였더냐 우정의 별

마음

하늘은 높고
그대 마음 하늘을 닮아
푸르고 맑은 얼굴

세월은 성큼성큼
긴 다리 몇 개 인가?
이유 없는 급한 걸음

가을 단풍 한 잎 물고
바람은 훅~~
괜히 나도 급한 마음

소통

답답한 인생길 어딜 가나
소통 없는 너의 인생길

멀고멀어 해 저문 인생길
여기까지 오도록 말이 없네

답답한 인연은 무슨 죄로
이 세상 만나서 눈물범벅

낙엽 지듯 이제는 다 왔네
어화 둥둥 다와 가는 계절

오죽 답답하였을꼬
먼 길 네가 없으면
누구랑 대화하랴

내게 온 그분

어느 날 문득 나를 찾아온
손님이 있었다. 가을 손님
그는 내 손을 잡고 가자네
쌀쌀한 바람과 가자고 하네

가을 이를 따라 나선 내가
내 작은 품안을 열어줬네
찬바람이 스며들며 내게
얘기하는 말, 사랑 했다네

이 가을 그때 그 가을
계절은 변함없는데
그때 가을은 시원했었네
지금 가을은 찬바람일 뿐

허무한 이 세상은 내 것은
아무것도 없는 것을 알고
더욱 스산한 찬바람이네
느낌이 다른 갈바람 손님

길

가는 길 노를 저어라
망망대해 길은 모르지만
바람이 불어 밀어주는 뱃길
천리든 만리든 흘러 갈 것이다

다 늦게 이 깊고 끝없는 바다
그래도 힘껏 가 보리라
어디쯤 끝이 오려나
하늘을 본다 역시 끝없는 하늘

땅도 바다도 하늘도
내 눈에 보이지 않은 곳이
끝이려니 그러나 가도 가도
끝없는 곳에 서 있는 이곳

결국 나의 발길이
끝을 맺는 날이 오는 구나
한없이 왔건만 먼 길 왔건만
더 가고 싶은 욕심 끝이 없네

찬바람(2)

나도 모르게 울고 있는 눈
소리 없는 눈물은 왜일까

흔들어 놓은 몹쓸 갈잎
그만 흔들고 날 좀 잡아라

이내 맘 길 가에 코스모스
웃으며 흔들린 코스모스

찬바람 속에 눈물이 흐르네
소소한 옛 추억 그리움

바람아 구름아 단풍들아
옛 생각 내 품에 날아드네

용담초 (2)

슬퍼서 파랗게 멍이든 꽃
눈물을 흘려서 닦다가
멍이 들었냐 그래도 난
너를 사랑할거야 멍든 널

이 가을 너를 찾아 왔네
만나서 마음으로 품은 나
슬픈 너를 안고 가련다

이제부터 웃으며 살자
용담초 너에 눈물 닦으며
파랗게 질려있는 용담초
슬픈 너 사랑하며 가리라

* 요담초 꽃말 : 애수. 슬퍼하는 당신을 사랑해

문턱

넘어야 한다기에 넘자
넘기 싫은 이 문턱을 넘네
걸음도 못 배운 갓난 애기
그도 이 문턱을 넘으라네

이 밤이 마지막 밤이라네
시월이네 집에서 가라네
간이도 월이도 밀고 당기네
단풍 구경 좀 더 하고픈데

이별을 고하며 잘 있거라
내년에 또 만나자 시월아

오늘 밤이 마지막 이지만
희망 안고 동지 만나러
나는 가련다 그동안 행복했다
시월아 안녕

늪

바람을 불러서 온 것은 아니다
스스로 불며 들어왔는지
부처 꽃이 제자리서 꼼짝
않고 있건만 돌부처처럼

속세의 두고 온 님 위하여
기도하다 꽃잎이 되었나
임 그리워 보고파 그렇게
맨발로 늪에서 물그림자

보고 섰나 님이 오시려나
물그림자 그님 얼굴보일까
소담가에 서있는 애꿎은 널
불쌍히 보는 님 쓰다듬어줄까

그리워

둥근달을 쳐다보면
내 마음 둥글게 살고파
반쪽 달을 보면 반쪽이
그리워지며 보고파지고

초승달을 맞이하면
이 마음의 사랑을 가득히
채우고 싶어 어느 별 나라
보내보려나 희망의 사랑

그믐달을 쳐다보며
비워둔 마음을 모두 쏟아
은하수 강 너머 해질녘
기쁨으로 맞이하고파

그리워 그리워 또 그리워
달그림자 아래서 오늘도
반쪽을 비우고 기다리며
둥근달 그림자 그리는 삶

옛 길

구부러진 옛 길을 걷는다
정겨운 옛 길이 좋은 줄을
지금 나는 느끼며 걷는다

쭉 뻗은 고속도로 도 좋다
하지만 정겨운 옛 길이
좋아 앉아서 쉼 해본다

내 앞에 구부러진 소나무
더욱 멋스러워 보이는 맘
옛 길이 우리들의 삶이다

우리의 삶의 형태를 닮고
구부러진 소나무도 나의
삶의 뒤안길 같은 나목들

자연을 훼손 않으려고
구불구불 옛 길 정겨운 길

소망

파아란 하늘 하얀 구름이
한 조각 나무 위 덩그러니
숱한 여름이 사연을 안고
나를 바라보는 조각구름

그렇게 한 계절 보내고
목화솜 같은 구름이 속에
기나긴 여름이의 사연을
목화 속에 숨기고 쌩긋

오늘의 한조각 구름처럼
나쁜 사연들은 모두 가을
바람에 날려 보내고
기쁜 마음 행복시작

으아리의 연정

바람 끝에 놀란 으아리
소리치며 한잎 두잎 입 벌리고
웃어보네

예쁜 넝쿨 몸매 초록치마 휘감고
미색이 빼어나 하얗게 웃는 으아리

옆 동네 담 너머 왕 벗꽃 핑크빛 연정
손 흔들어 불러보네 으아리 방실방실

넝쿨 손 내밀어 잡은 손 그들만의
연정으로 담 너머 속삭이는 질투하는

바람이 잡고 흔들어 가라네 꽃샘바람
소문이 자자 꽃잎들 화들짝 너도 나도

입 벌리고 눈뜨고 서로들 방글 방글
예쁜 얼굴 보이네 접시꽃 키다리

커다란 접시에 웃음 가득 담아 보네
하얀접시 빨간접시 분홍접시 모두 담네

합창단

먼-산
저 너머 뻐꾸기 소리
박자 맞추어 노래 할 때
이름 모를 새들의 합창

잘 불러 보라는 옆 동네
산비둘기 나도 같이 구구구
왠지 넌 구구단 외우는 소리
똑똑한 산비둘기 수학 선생님

참새들 손뼉 치는 소리 짝짝짝
쪽쪽쪽 모두들 예쁜 새들의 음악
귀 기울여 들어 보아도 예쁜 음악소리
악보도 없이 소프라노 휘파람새

베이스 산비둘기 옆에서 들어보는
까치가 나도 나도 까까깍 그래 너도
함께 새들의 합창단 제대로 멋진 음악
단풍잎 춤사위 벌 나비 빠질쏘냐
나도 찬양 찬양 기쁨 충만 행복

감사

하늘이 구름을 안고
단비를 품었네

갈 한 땅 하늘 만 바라보니
마음 착한 하늘이 단비 품었네

오늘 밤엔 우리에게
단비를 보내려나 기대해본다

운동장 여덟 바퀴 단비 품은
하늘의 먹구름 한 컷 찰칵

감사한 하늘 무거운 몸
비구름을 안은 하늘 감사

가계부

늘
오후 여섯시 십오 분쯤
초등교 운동장 그네위에
앉아 생각에 젖어든다
나의 인생 줄은 어떠한가?

앞으로만 갈수 밖에 없네
여기 그네는 앞으로 뒤로 가는데
우리의 인생 그넷줄은 앞뒤 좌우
갈수 있음 모두 뜯어 고치다 끝날 것이다

신의 뜻이 계셔 앞으로만 가는
인생 그넷줄 잡고 오늘도 세월 앞에
자연에 순응하며 현실을 직시하며
열심히 가려네 고마운 하루를

이 그넷줄 위에서 오늘의 인생
가계부를 적는다 나의 인생 가계부
삶의 현장에서 채우며 비우며 적어본다
넘치면 비우고 부족하면 채우리

낯선 생활

세상 근심 없는 자 누구?
잠시 들려 손님으로 와서
이만큼 대접 받고 가면
감사하지 무슨 날마다
좋은 대접 받으려하나

이만하면 하루 집과
하루 시간 축복이요
살만 한 세상
근심 걱정 슬픔을 모두
혼자 짊어졌다 생각말자

웃으며 하루하루
행복을 느끼며
지루하게 청춘을 생각지 말자
이 또한 지나가리라
인생은 번개 같은 것이다

계절의 향기

한 여름 먼 산 아지랑이 가물 되고
아롱대도 잊어야하고 너무 센 비
바람 불어 올지라도
한 낮에 장렬하게 떠오른 햇살이라도
큰 길에 꽃피듯 아롱대는 아지랑이

꽃필 때 그리운 옛날은 생각지 말자
꽃피고 잎 피는 춘삼월은 지났으니
내 앞에 아지랑이 눈여겨 살피며
긴긴 여름날을 지나고 아름다운
단풍잎들의 눈 향기 즐기겠지

지금은 새들의 찬양과 웃음 짓는 꽃들과
꼬물 되는 아지랑이 춤추는 계절이니
이 계절 지나면 그리움이 또
찾아오겠지 계절의 향기 품고
우리들도 사람의 향기를 품자

술 취한 걸음

남들이 가는 길, 난들 안 갈쏘냐
뒹굴며 놀고 있는 줄 알았네

꽃놀이 들놀이 쉬며 여기서 머물 줄 알고
그래도 이상한 것이 계급 달고 벼슬주네

모든 것 받고 보니 거울 한번 보라하네
아이구 깜짝이야 놀란 가슴 주체 못해

제대로 못 걷겠네 세월 술에 취한걸음
이리 비틀 저리 비틀 술 취한 걸음걸이

이겨낼 사람 없어 혼자 비틀 거리다
쓰러지면 가는 길 어느 누가 막을 쏘냐

비봉산

하얀 머리 덮고서 큰 백두 그리며
날아든 두 봉우리 안고서 오늘도
그리운 임 보고파 울부짖네
날고 파도 부러진 날개 봉황새 푸득거려

날수 없어 또 한 봉 쌓고 울부짖네
그리움 소리 없이 쌓이고 눈물은
선비촌 지나 죽계천 굽이굽이 흘러
소담에 차곡차곡 쌓이네

바람은 구름 몰아 평온을 찾아와
십승지 못 벗어 그리움 쌓여서
두 봉우리 높아 쌍비봉이라 할까?

단비

지난 밤 단비가 왔네요
아침 나팔꽃 예쁘게
립스틱 연분홍 바르고

방긋 웃는 해맑은 얼굴
단비는 지금도 예쁘게
솔솔 곱게 뿌려주는 아침

땅들과 푸른 잎새들 행복
목마름 챙겨 주는 빗물
우리들의 오늘 길도 행복

행운이 함께 하길 모두에게
빌어 보는 아침입니다
모두 단비와 함께 행복 하세요

소생

만물이 소생 하는 봄날
오는 봄 잡고 가는 봄 보내고

그리운 사람들 만나
웃음 주고받던 사촌들

새로운 이 봄날 우리들의 사촌
서로의 믿음 하나 붙잡고 왔네

아름다운 이 봄 소생 되어
기쁨 충만 행복 충만 웃음 충만

이런 날 빨리 오길 바라며
오늘은 무조건 소생한 날

제6부

그리운 옛노래

그리운 옛 노래

하늘이 내게 가까이 올 때
달도 따고 별도 땄지만

꽃 무지개 수도 놓았건만
하늘이 멀어 지면

무지갯빛 바라보며
그리운 옛 노래

별도 달도 그리운 빛 고운 빛
아름다운 꽃 무지갯빛

하늘 눈

하늘이 눈을 떴다
매일 같이 나를 바라본다
아무리 깊이 숨어도 하늘은
밤낮으로 나를 바라본다

나를 가장 순수하길 바란다
내 마음이 깨끗하기를 바란다
오늘도 나와 동행하는 하늘 눈
저 눈이 나를 바라본다

희야 항상 올바르게 걸어라
내가 보고 있다 듣고 있다
귀를 열고 있다 사랑 한다
그 몇 마디가 가장 두렵다

찔레꽃 사랑

살며시 고운 빛으로 내 마음 훔쳐간 너
드디어 나의 눈 빛 모든 것 다 훔친 너
몇 날 며칠 밤낮을 함께 하고
그리움 만 남기고 떠난 너

마지막 벌 나비 함께 사랑 놀음
너에 모든 정열 쏟아 버린 너
이 겨울 배신자답게 빨간 자식을 보란 듯
얄밉게 웃는 배신자 너 찔레야

나도 웃으며 셀카 초점을 배신자 향하여 짤깍
잊으려고 깊은 겨울 몸부림 쳐보며
그래도 윙크 하며 찰칵 폰 카에 내 사랑
남겨 보려고 요리 저리 찍고 또 찍어간다

잊고 가는 길

이곳엔 꽃이려니
가는 꽃 잡을 수 없고
씨앗 없이 지는 꽃
뿌리라도 있겠지

지는 세월 애간장
그 마음 천년이 지난 들
캐 낼 수 없는 뿌리 원망
삼라만상 어둠 속

떨어지는 꽃잎 보고
애간장 녹이 며
약이려니 약이려니
세월이 약이려니

허무 한 세월의 위로
그도 저도 아닌 것을
보는 자 눈물이려니
들끓는 시선이려니
모두가 잊고 가야 할 길

변화는 애절한 사랑

계절 과 같은 사랑
죽고 못 살 것 같은 사랑도
계절이 있듯이
우리들도 계절의 사랑

세월 따라 변하는 사랑
뜨거운 햇살에 퇴색 된 단풍
미운 정 고운 정 단풍이어라

이 산 저 산 다니는 바람과 같은
광야 같은 세월 속에 이사 가듯
떠다니는 애잔한 사랑

숙성된 김치 맛과 같은 사랑
새콤 달콤 익은 사랑 미운 정
고운 정 정이 된 사랑 오래된

그 사랑 안타까워 애절하고
애절하고 불쌍하고 정이든
깊은사랑 세월의 숙성된 사랑

외로운 겨울 바다

조용한 겨울 바다
수많은 사연들 안고
밟은 발자국
외로운 갈매기 날개 춤

이 발자국 속에 나의 자국도
이 많은 자국은 누구의 것인가
찾을 수 없는 사연 안고
남긴 자국 눈물과 기쁨 자국

파도 따라 갔으려니
내 자국은 우리들 자국은?
갈매기 떼 홀로 지키는
외로운 겨울 바다여

비워줄 자리

곱고 외롭게 자란 나
그래도 엄마란 단어
부러워 그리워
기(氣)죽은 시절

저 산 너머 하늘 그리며
생각해 보는 얼굴
떠오르지 않은 그림자
하늘의 별 그림자

무심한 세월 속 엄마 된 나
나는 엄마의 빈자리
주지 말자
힘겹게 살았네

이제는 비워도?
과연 엄마 노릇 제대로?
비울 자리 두고
생각에 젖는다

석벽 굴

석벽의 흐르는 물
찾아온 객들의
한 모금 생수 되리
어두운 석굴

겁 없이 걸어 본다
진정 하늘의
요사 같은 솜씨
사람들의 행렬

말없이 웅장한
석벽은 매일
낯선 얼굴 맞이
피로의 검은 얼굴

한 줄기 세숫물
생수인 줄 알고
한 모금 삼키며
웃는 표정 정겹다

제2의 고향

어디가 고향인가
추억 많은 어린 시절 떠나
태어난 고향 찾아 이사 했네
어린 시절 고향 아닌 고향

풀냄새 풋풋하다
파란 밀 이삭
초여름 바람에
파도치던 보리 이랑

뚝방 하나 사이
논과 모래강변
긴 외나무다리

고향 아닌 고향
그 시절 그리워
감은 눈 그림 그리기
놓칠 수 없는 어린 시절아

지킴이

새야 새야 투구 새야
철모 쓴 투구 새야

밤 말은 쥐가 듣고
낮말은 새가 듣는
귀밝이 쥐, 새 되거라

굴 파는 두더지 잡는
호랑이 그림 기억하고
지킴이 새가 되거라

모정

너무 높은 그분
떠나보내고
덩그러니
남겨 있는 몸

뼈 깎고 피 흘려
남겨 둔 몸
오늘도
그리움 안고서

홀로 가신 그분 생각
하늘보다 높은
그리운 모정
보고파 세월 속에
묻힌 모정

봄 아가씨

수줍은 봄 아가씨
목련 한잎 눈을 뜰까 말까
새초롬 내다보는 새침데기
언제까지 그렇게 있으려고

바람이 와서 간지럽힌다
봄 아가씨 목련 간지럼 못 이겨
프하하 웃으면 활짝 핀 목련
완연한 봄을 몰고 왔네

수줍어 머물다 피어난 아가씨
좀 더 보여주고 떠나지
벌써 가버리는 목련아 봄 아가씨
찾아서 바람과 맴돌아 헤매누나

해풍

온 여름 동안 장맛비
바다 인들 탈이 안 날까

바다가 지구의 더러운
찌꺼기 삼키려니 구역질

지구촌 쓰레기 역병들
모두 바다로 모여드네

화가 난 바다 역류를 한다
우린 태풍이 온다고 걱정

화가 난 바닷바람 용트림
얼마나 더러우면 이렇게

모두 정화 시키려고 역류
흔들어 치는 구나 바다가

바람이 부른다

그리움이 아련히
뇌리 속 마음의 추억

대숲 길 걸으며
바람이 전해주는

그들의 연가
어느 사이 함께 걷네

꼿꼿한 내 마음
대숲 길 너를 닮은 듯

그리움은 가슴깊이
추억은 아련히

물망초

그때 네가 말했지?
우리는 서로 잊지 말자고
새끼손가락 걸면서 약속
없이 헤어 졌어도 못 잊어

오늘도 마음으로 그 때한 약속
너를 어떻게 잊을 쏘냐
그 긴긴 세월 함께한 너를
오늘도 말없이 떠난 너를

잊지 못해 못 잊을 너를
사진 속 들여다보며 생각
아지랑이 되어서 아련히
애원하던 너 못 잊어 운다

존엄

죽은 깨가 다닥다닥 붙은
수줍어 하늘도 제대로
못 보는 순결하고 착한
널 한눈에 이 마음 빠졌네

나 어쩌면 좋을지
외모로는 키만 커다랗고
죽은 깨는 온 얼굴을 덮었는데
단 한 가지 너에 순결과 숭고함

깨끗한 마음을 사랑하고
너의 사랑을 영원토록
받고 싶고 사랑을 하고 싶고
옛날이나 지금이나 너만 보고
살고 싶네

영원토록 사랑하리 진정으로
참나리 너만을 안고 싶네
항상 고개 숙인 너의 겸손을
내 마음 배우고 닮아 가고파
땅만 보고 있어도 꼿꼿한 너

낙엽 편지

어느 날 우리 집 현관문
누군가 흔들고 지나갔다
한 장의 편지 획-
대문 앞 편지함에 넣지

온통 바람에 쓸려 다닌 편지
가을 집배원님 던지고 떠난
한 장의 편지 무수한 사연들
한 장의 낙엽에 담아

하늘. 땅. 찬 공기 별들의 사연
모두 적어 끝으로
겨울 준비까지 꼼꼼하게
고마운 사연 담은 낙엽 편지

꿈에도 못 잊어

옛날이나 지금이나 사랑의
열병을 앓고 있음이여
고귀한 그대를 나 어느 순간도
잊어본 적 없는 내 사랑 그대
옛날 어린 시절 그때도
한 순간도 잊어 본적 없는

나의 첫사랑 잊을 수 없어
수많은 숙제를 안고 이 사랑
놓지 못해 붙잡고 여기까지
밤 낮 그리워 먼 산 보고
그대를 적어보고
태양 빛 속에 아지랑이 되고

눈 발 밑에 녹아 버린 지독히
못 잊을 첫사랑 다 늦게 만나
사랑의 방법을 제대로 몰라
숱한 날 밤 지새워 이렇게
마음껏 표현 못한 사랑
어색한 내 사랑 글아

곱게 곱게 여어 표현 할까
나의 첫사랑 시 글들 열병
애증 이 열병 끝을 몰라
끊을 수 없는 나의 마음 속 뜨거운
용광로의 사랑 모두 토해 낼까
예쁜 옷 입혀서 서점으로 보낼까

투구 꽃

투구 꽃 너는 언제부터
이렇게 투구로 무장하고
키를 목을 한발은 느려서
적군을 지키고 섰느냐?

바다를 지키냐
이순신 장군님처럼
아니면 육지를 지키냐
이 깊은 산속에서

보라색 녹슨 철모 쓰고
하늘을 지키고 있느냐
어쨌든 대한민국 지키는
투구 꽃 늠름한 너의 믿음
밤 졸지 말고 눈 열어라

두렵다

지구가 몸살을 한다
코로나 보다 더 열난다

사람들의 지구를 파괴
겁이 난다 자연의 진노의 잔

어이 지구 한 모퉁이를
이렇게 부셔 버릴까

두렵다 하늘의 진노가
물을 덮고 자연을 파괴

어이 하려고 대적인 욕심
곧 떠나갈 우리들 버려라

낙엽 이불

뜰 앞 아기 소나무
추운 겨울 준비
헌 옷 벗어

솔 갈비 이불 준비
뿌리 덮기 시작
단단한 겨울 준비
봄이면 영양 보충

그래서 자연은
능력의 하나님
명령 따라 순종
자기네들 각자 갈무리

자투리

불원천리 먼 길
누가 부른다고
급하게 달려와
조용한 이 길을

오늘도
여기까지
달려온
시간 잡고
하소연

자투리 인생길
해질녘 자투리
노을빛

하루살이

남몰래 조용히 홀로 피어
곱디고운 꽃잎 예쁜 눈
살며시 세상을 살펴보며
보랏빛 사랑을 남겨놓고

그 사랑 남 몰래 혼자 하니
애처롭고 가련한 보라야
그렇게 왔다가 가버린 널
이 밤도 못 잊어 젖어든다

조용히 떠난 하루살이 꽃
예쁘디예쁜 부레옥잠화
너의 꽃 눈 보랏빛 연정에
조용히 그 사랑 녹아 난다

– 하루살이 꽃말 : 승리. 침착. 종용한 사랑 / 수명이 하루

추억의 마침표

우리는 언젠가 이 세상
즐거운 소꿉놀이 털고
때가 되면 가야 하는 길
가는 때는 아무도 모르네

예쁜 추억의 소꿉놀이
많이 쌓아서 한 겹 두 겹
너무 무거우면 미련과
욕심으로 뒤돌아보네

예쁜 추억 가볍게 만들어
추억의 책 한 권 만들어
사랑했노라 행복했노라
미소 지으며 안녕

부레옥잠화

물 위에 둥둥 면류관 쓰고
꽃잎도 승리의 면류관
매일매일 피고 지고하며
붙잡으려 하면 떠나가고

어떻게 빠른지 시간 탓?
살 같이 빠른 세월 간다네
잡으려니 더 빨리 떠나네
승리의 면류관 하나 쓰고

오늘도 빠른 세월 잡고
방긋이 웃으며 간다네
가려면 가거라 보내 주마
잘 가라 부레옥잠 보라야

□ 서평

석양에 부르는 행복 노래

최 봉 희(시조시인, 평론가, 글벗 편집주간)

처음도 지금도 변함없이 진실한 마음으로 한 글자 한 글자 진심을 다해 시를 쓰는 시인이 있다. 아울러 시를 쓸 때 첫째는 거짓 없는 진실을 써야 함을 강조하면서 모든 사물은 글로 표현할 수 있다는 생각을 갖고 활동하시는 시인이기도 하다. 그 분은 다름 아닌 경북 영주의 소담 이정희 시인이다.

시인은 어린 시절의 추억을 담은 글을 쓰고 있기에 스스로 자신은 어린 아이를 아직도 못 벗어난 상태라고 종종 말하곤 한다. 스스로 어딘지 좀 어색하고 부끄럽다고 말하지만 세상을 바라보면서 자신의 꿈의 날개를 활짝 펼치고 있는 시인이기도 하다.

소담 이정희 시인은 기회가 있을 때마다 자신의 이야기를 진실하게 시로 쓰고 싶다고 말하곤 한다.

사실 진실은 가장 좋은 시를 쓰게 하는 기본적인 태도이다. 순수와 참여를 따지지 말고 진실을 지향하는 태도를 지니는 것이 시인의 자세다. 때로는 우리가 진실이 되기 힘들 때도 있지만 그 지향점은 진실해야 한다는 의미일 게

다. 사물을 바라볼 때도 진실을 지향하는 마음을 지녀야 시를 쓰는 가장 기본적인 마음이 생기게 마련이다.

우리가 누군가를 사랑한다면 사랑의 극명한 상태는 '조건 없는 사랑'일 것이다. 신의 사랑, 어머니의 사랑은 조건이 없다. 그게 사랑의 본질이고 곧 진실이 아닐까. 그런 사랑의 마음으로 사물과 그 사물이 이루고 있는 형상을 바라보고자 오늘도 이정희 시인은 끊임없이 고뇌하고 있다.

> 그래 누가 그랬던가
> 시인은 모든 고뇌를 겪어야
> 진실한 글들이 나온다고
> 영원한 내 삶인 줄 알았나
>
> 몸속에 천근만근 철이든
> 새로운 삶의 인생의 길
> 그때야 무거운 철덩이
> 내 몸 가슴에 여기저기
>
> 한 뭉치씩 들어있는 발견
> 고뇌의 철덩이 끌어안고
> 터벅거리며 무거운 걸음으로
> 달려보는 좁은 골목 그림
>
> 그 때의 철든 몸의 애달픈 길
> 추억의 책갈피를 넘겨본다
> 걸으며 달리며 무겁고 숨차

멈출 수 없었던 철든 인생길
- 시 「고뇌」 전문

시인은 순간의 중요성을 알아야 한다. 이 순간에 열심히 시를 쓰면서 살아야 한다. 만약 가슴속에 시가 들어 있어 시를 다 못 쓰고 떠나가면 어떡하겠는가. 어쩌면 이정희 시인은 석양에 이룬 꿈은 곧 시인으로서의 삶이 아니겠는 가. 가벼워지려면 가슴 속에 있는 것을 모든 것을 쏟아내 야 한다. 갈 때는 가슴속에 아무것도 남지 않아야 한다.

새 희망 새해라 들뜬 맘들
희망의 꿈이 금방 바뀌나
지금도 세상은 울며간다
우리들의 한숨 소리 울고

저울 눈금이 무거워 휘청
지구의 온도계는 파랗게
오늘은 또 어떤 지구님의
생각이 다르게 변할까

파란색 붉은색 핑크빛
눈 뜨면 생명을 위협한다
뉴스마다 불안한 생각
지구 저울 눈 휘청거린다

임이여 이 손 잡아주소서

지구 저울 눈 오르락내리락
어지럽다 차갑다
하나님 이맘 꼭 잡으소서
- 시 「저울」

　시인 이정희에게 늘 가슴속 깊숙이 담고 있는 것은 '믿음
의 신앙'이다. 시인은 불확실성 시대를 살면서 그는 진실을
글로 쓰기를 원하지만 그 두려움 앞에서 그는 신앙에 의지
하는 듯하다. 마치 예수님이 나타나 직접 말씀하시는 것처
럼 나직하게 그리고 겸손하게 시를 읊고 쓰는 것이다.

머물 수 없는 시간 속에
우리는 날마다
새로운 길목에 서성인다

하늘에 구름이 다르듯
나의 길도 매일 다른 심정
꿈과 현실이 다르듯

살았으면 앞으로 가는 길
알 법도 하지만 늘 개척길
허둥대며 하룻길 삼킨다

앞으로의 시간들은 몰라
어떤 소망의 꿈을 이룰지
그냥 행복한 하루를 간다

아무것도 모르고
눈 뜬 장님의 마음안고
웃음으로 가고 있다
- 시 「앞 시간」 전문

　인간의 본질은 변하지 않는다. 인간이 지닌 희로애락은
그대로다. 그의 시행과 행 사이, 연과 연 사이에는 깊은 강
이 흐르고 있다. 삶의 깊은 계곡에도 강은 존재한다. 그러
기에 눈 뜬 장님으로 그냥 행복한 하루를 지내듯이 시를
쓴다. 글을 쓰면서 긍정으로 웃으며 살아가는 것이다.
　지금은 변화가 '긍정화'되는 세상이다. 이는 개인의 삶의
형태이자 성격일 수도 있다. 어떤 옷을 입느냐 하는 것은
개인의 결정이고 감당해야 할 몫이다. 시인은 석양에 이룬
꿈 하나가 있다. 그것은 시인으로서의 살아가는 삶이다.
　그렇다면 그의 시에 등장한 '석양'의 의미는 도대체 무엇
일까? 먼저의 그의 시 「꽃길」을 살펴보자.

꽃길만 걸어라
꽃길만 걸어라 하시며
저에게 꽃신 사다 신겨주며
소원하신 우리 아버지

마음에 꽃밭을 만들어라
아버지의 소원하신 덕에
정말 평생 동안 꽃신 신고

꽃길만 걸어 왔습니다
감사합니다
이 불효녀 아버지의 뜻을
석양을 맞이하니 이제야 알고
이렇게 꽃길 걸으며

존경합니다
사랑합니다
혈맥의 강줄기이신 우리
아버지의 사랑을 적어봅니다
- 시 「꽃신」 전문

이 시에 드러난 석양의 의미는 '사랑의 인식'이다. 시인의 인생에서 절대적으로 영향을 준 사람은 아버지다. 나이가 들어 노년의 나이가 되어서 어린 시절 아버지의 극진한 사랑을 깨닫는다. 그리고 자식으로 꽃길만 걷게 하셨던 아버지의 사랑을 시로 표현하고 글로 적은 것이다. 바로 시인의 길에 들어선 그 보람과 기쁨이 아니겠는가?
또 다른 시를 만나보자.

우리가 빨간 단풍처럼
사랑을 했었나요?
긴 세월 짧은 시간 얼마만큼
사랑을 했을까요?

벌써 단풍은 낙엽지고

사랑은 석양처럼 가는데
곱게 물든 단풍처럼
예쁘게 사랑을 했나요?

이제 짧은 세월 남은 생
나목의 잔상을 밟으며
얼마나 우리 사랑 깊었나
여름은 없었던 것 같아요

우리의 만남이 여름 지난
가을이었는가. 늦은 가을
오호라 그렇군요 홍단
늦가을 청단 만나 행복
– 시 「나목들의 얘기」

둘째로 이정희 시에 나타난 석양의 의미는 '행복에 대한
인식'이다. 물론 그 행복은 사랑이 전제가 되어야 한다.
시인은 단풍은 낙엽으로 지는 상황에 빗대어 사랑은 석양
처럼 지고 있는데 지금껏 예쁜 사랑을 했는지 자문하고 있
다. 그에 대한 대답은 사랑을 만났고 늦가을에 청단을 만
나서 사랑으로 행복했다고 말한다. 어쩌면 시인이 석양에
이룬 꿈의 하나가 사랑의 성취와 행복이 아니겠는가.

그리움이 차곡차곡 쌓인
하늘 석양빛 연분홍 노을

아침 동트는 둥근 금빛
종일토록 그리움 적어서
날려 보내 볼까나

푸른 빛 바다가 그리워
나를 데려 가려나
그리워하면 보고파 하면
석양이 말하네.

그리움만 가고
몸은 여기 남아 있으라네

그리운 눈물
그리움, 아쉬움 이렇게
적어서 바람에 실어 날려
보내면 읽어 주려나
보고파 할까 오고파 할까
- 시 「가고파」 전문

 시인은 늦가을, 석양에 사랑하는 이 푸른빛 바다를 만났
다. 이에 그리움이 차곡차곡 쌓여 시를 통해 그리움의 편
지를 써보곤 했다. 하지만 몸은 여기에 있고 그리움과 아
쉬움만 바람에 날려 보낸다고 고백한다. 이는 이별의 상황
이다. 그 상황에서도 시인은 자신의 사랑을 바람의 편지로
표현하고자 했다. 임이 보고파 하는지 혹은 오고파 하는지
무척이나 궁금한 것이다.

비봉산 위에 올랐을 때
나를 보았네
세상의 욕심을 모두 비움
그것이 나의 행복이었네
어차피 이 세상 모든 것을
내 것으로 못 채운단 사실

그렇다면 욕심을 버리고
하나님이 주신 것의 만족
내가 가장 행복한 사람
가난도 부요도 내 것이 아님을
일용할 양식을 베푸신 하나님께 감사

석양에 이렇게 글을 쓴
나의 행복을 어디에 비춰
나의 행복이었음을 감사
이 세상 살면서 바로 내가
가장 행복한 것을 기도함
나와 동행하신 분께 감사
– 시 「행복이란」 전문

 셋째로 시인은 석양을 '감사의 인식' 즉 욕심을 버리는 것
으로 깨닫고 있다. 시인은 가난도 부요도 내 것이 아니요,
절대자가 내게 베푼 것이기에 감사하다고 말한다. 시 쓰는
활동을 통해서 욕심을 버리고 하나님께서 내게 주신 시 쓰
는 행복을 성취하게 된 기쁨을 노래한 것이리라. 다시 말

해 석양에 글을 쓰듯 기도하게 되고 절대자가 자신과 함께 함을 깨닫게 된다. 다시 말해 시 쓰는 행복을 경험하게 된 것이다.

그 행복은 석양과 더불어 신체적인 변화 속에서 시인은 까만 땅을 밟으면서도 실현된다. 지난 추억에 대한 그리움으로 외롭게 살아갈 때 눈부신 설화가 다가온 것이다. 그 설화는 석양이 숨기지만 그 설화는 마침내 내 모습으로 내 가슴에 그대로 다가오는 것이다.

    까맣게 잊어버리고
    까만 땅 밟으며 걸어본다
    어느 사이 나도 모르게
    그리움을 가슴 깊이 안고

    오늘은 어디로 숨었을까
    석양의 노을도 가버리고
    나 혼자 까만 길을 걷는다
    외로움이 휘몰아치는 구나

    갈대가 손짓하니
    설화가 찾아오는구나 반갑게
    사무친 그리움을 안고
    설화와 동행하는 그리움

    살며시 설화가 안겨드네
    석양은 설화를 숨기고

나의 곁에는 설화가 날아들고
내 모습 그대로 안겨드네
  – 시 「설화가 오던 날」 전문

 석양에 설화가 찾아온 시인에게는 오로지 감사가 넘친다. 그 설화가 마치 감사의 꽃다발로 다가온 것이다. 그래서 감사의 눈물이 흐르고 가슴이 뭉클해져 온다. 왜냐하면 행복한 마음, 사랑의 마음으로 석양에 받은 꽃, 행복의 글꽃을 오롯이 피울 수 있기 때문이다.
 시인은 어느덧 세 권의 시집을 발간했다.

감사한 마음 가슴에 가득
그대의 꽃다발 한 아름

기쁜 마음 표현한 꽃
한 아름 받은 선물 감사의 눈물

가슴 뭉클해온 선물
꽃다발 안고 기쁨 충만

꽃다발이라도 기쁜 맘
행복한 마음 사랑의 마음
전해오는 메시지 꽃 한 아름
지금 난 사랑을 머금고 걷는다

석양에 받은 꽃 행복한 글

가슴가득 담아 석양을 걷다
- 시 「사랑의 꽃다발」 전문

 마지막으로 석양의 의미는 '성찰의 시간'이다. 시인은 아침이나 저녁이나 햇살을 만나고 들새들을 만난다. 그때마다 늘 가슴으로 정겨움으로 서로를 안아주면서 자신의 삶을 깨닫는다. 이는 시인이 시를 쓰면서 자신의 삶을 되돌아보는 성찰의 시간을 갖게 된 것이다. 그러면서도 새롭게 새해의 빛, 새 마음으로 새로운 햇살을 새롭게 다시 안아보고 싶어한다.

우리집 들새들 아침을 노래한다
나도 눈을 뜨고 아침 햇살을 받아들여
가슴으로 안아 보았다
정겨운 햇빛은 늘 여기서 나를 안는다

그러나 나의 젊음은 어디도 없다
매일 찾아온 햇살이 가져갔을까
젊음이 항상 있을 줄 알고 뛰었다
이제는 숨찬 무거운 두 어깨의 석양

내 삶의 짐이 되어 무거워 비틀되는
현실 앞에서 내가 무슨 삶을 어떻게
살았는지 삶의 현장을 살펴본다
가슴 저린 날들 기뻐 웃어준 날들

이제는 모두 내려놓고 가볍게 걷자
이것이 나를 찾는 성공의 현실 앞
석양에 서서 새해의 빛을 또 한 번
새로운 마음으로 안아보고 싶다
– 시 「삶의 현장」 전문

이는 인생의 괴나리봇짐을 버릴 때까지 계속되는 시인의 꿈이자 소망이다. 어쩌면 시인이 날마다 시를 쓰는 것은 이런 염원 때문이 아닐까? 세월의 강물이 흘러서 황혼빛 석양에 저무는 순간, 짊어진 봇짐을 버리고 세월의 넋이 가슴을 적시는 그 순간까지 끊임없이 시를 쓰면서 자신의 삶을 말하고 싶은 것이다.

내 등 뒤에 짊어진 봇짐
풀어놓고 가볍게 버리고
지난 추억 먹먹한 가슴을
소리 없이 흐느껴 흐르는
세월의 넋이 가슴 적시네

꽃 같은 내 인생 삶의 꼬리
저당 잡히고 여기까지…
석양빛 따라 괴나리봇짐
버릴 때까지 가려나 보다
– 시 「세월의 강」 중에서

시인은 젊은 시절을 추억한다. 더 오래 머물고 싶지만 육

신은 영원하지 않다. 그래서 시인은 네가 이 손을 놓으면 나도 세월의 손을 놓겠다고 말한다. 서산에 석양빛이 고운 것처럼 가을의 단풍잎도 나의 흰 머리도 곱고 아름다운 것으로 수놓고 싶은 것이다.

> 아름다운 이 강산에 너와
> 나는 함께 할 수 없는 고로
> 언젠가 네가 이 손 놓으면
> 나도 세월아 너의 손 놓는다
>
> 너의 머리 물들이고 나도
> 물들이고서 바삐도 왔네
> 서산에 석양빛 곱도다
> 단풍잎 내 머리 네 머리
> 이렇게 고울 쏘냐
> 석양아
> – 시 「초로길」 중에서

시인은 자신의 글쓰기를 어린 아이들의 소꿉놀이로 표현한다. 예쁜 추억의 글을 쓰고 힘겨우면 미련과 욕심으로 뒤돌아본다. 그리고 가벼운 마음으로 추억의 책 한권을 쓴다. 시인이 석양에 이루고 싶은 꿈인 것이다. 그런 면에서 이정희 시인은 자신의 꿈을 마침내 성취한 것이다.

> 우리는 언젠가 이 세상

즐거운 소꿉놀이 털고
때가 되면 가야 하는 길
가는 때는 아무도 모르네

예쁜 추억의 소꿉놀이
많이 쌓아서 한 겹 두 겹
너무 무거우면 미련과
욕심으로 뒤돌아보네

예쁜 추억 가볍게 만들어
추억의 책 한 권 만들어
사랑했노라 행복했노라
미소 지으며 안녕
– 시 「추억의 마침표」 전문

이 얼마나 아름다운 인생인가. 예쁜 추억을 더듬어 추억의 책 한권을 쓰는 꿈, 그리고 사랑했노라고 행복했노라고 고백할 수 있는 삶, 마침내 미소를 지으며 삶을 마무리하는 인생, 참으로 누구나 꿈꾸는 부러운 인생이 아니던가.
시는 간결하다. 그리고 인생도 짧다. 그러나 시의 내용은 간절하다. 진실을 담은 짧은 시에서 시인의 행복을 다시금 공감해 본다.
이제 이정희 시인이 이룬 꿈, 석양에 부르는 그 행복 노래가 온 누리에 널리 울려 퍼지길 소망한다.

■ 글벗시선125 이정희 세 번째 시집

석양에 이룬 꿈

인 쇄 일 2021년 2월 19일
발 행 일 2021년 2월 19일
지 은 이 이 정 희
펴 낸 이 한 주 희
펴 낸 곳 도서출판 글벗
출판등록 2007. 10. 29(제406-2007-100호)
주   소 경기도 파주시 와석순환로 16, (야당동)
　　　　　 롯데캐슬파크타운 905동 1104호
홈페이지 http://guelbut.co.kr
E-mail juhee6305@hanmail.net
전화번호 031-957-1461
팩   스 031-957-7319
가   격 12,000원
I S B N 978-89-6533-168-1 04810